아버지와 아들

범우다이제스트 02

아버지와 아들

이반 세르게예비치 투르게네프

편집부 편

B 범우

차례

투르게네프는 우리나라에 비교적 일찍 소개된 19세기 러시아 작가이다. 그의 작품이 한국 문학에 끼친 영향은 적지 않지만 그의 이름이 얼른 친숙하게 다가오지 않는 것은 상대적으로 톨스토이나 도스토예프스키에게 그의 문학적인 광채가 가려진 탓이 아닐까 싶다. 심지어 그의 작품은 사상과 철학이 없으며 단순히 통속적인 사랑의 로맨스로 청춘남녀를 기쁘게 하는 감상문학에 지나지 않는다고 혹평하는 사람들마저 없지 않다. 탐구적이고 고백적인 경향은 없다고 하더라도 투르게네프만의 기본적인 창작태도가 있었음은 부인할 수 없다.

톨스토이는 윤리적 감각을 지닌 개성으로 그 시대의

인물이나 사회·경제적 제관계의 복잡한 기구를 비판했고 도스토예프스키는 극히 과장된 고독으로 개성의 자유로운 윤리의 완성을 구할 수 있었다. 투르게네프는 완전히 다른 방법을 선택했다. 언뜻 보기엔 평범한 방관자처럼 보이지만 내적인 정열과 주관적인 감정의 불길을 간직한 인물을 묘사해 전반적인 객관성을 확보하는 방법을 택했던 것이다. 그는 어느 정도의 거리를 유지하면서 인물을 관찰하는 것을 즐겼다. 자신을 주인공과 완전히 일치시키는 법이 없었다.

투르게네프는 작품을 통해 농노해방 이후 수년에 걸친 러시아의 중요한 문제들을 다룬다. 즉 철학·윤리적 문제, 인생의 의의, 인간의 의무와 권리, 사랑과 죽음 그리고 러시아의 본질적인 역사성이 그의 작품세계를 이룬다. 작품에서 공통적으로 찾아볼 수 있는 어조와 우아한 필치, 미에 대한 섬세한 감각은 그가 시인으로서의 날카로운 감각을 아울러 가지고 있음을 나타내는 것이리라.

투르게네프는 《아버지와 아들》에서 19세기 초 러시아 사회에 진보적인 역할을 했으나 이후 그 역할을 다

한 낡은 귀족 문화와 19세기 중엽에 등장해 민주적 문화와 사회 개혁을 주도한 라즈노친치(Raznochintsy)의 대립을 세대 간의 갈등으로 그려내고 있다. 라즈노친치는 낭만주의에 뿌리를 두고 있던 기존 인텔리겐치아와 달리 실용과 실증, 유물론과 비판적 리얼리즘을 바탕으로 기존의 권위와 가치기준을 부정하면서 과학지식과 이성의 힘을 강조하는 급진적인 주장을 히었다.

발표된 후 이처럼 논란거리가 된 작품도 드물다. 보수와 진보진영에서 찬반 양론을 낳았고 보수진영의 평가도 둘로 나뉘었다. 급진적인 청년을 부정적인 모습으로 묘사했다는 점에서 러시아 사회에 좋은 영향을 줄 것이라고 호평하는 한편, 그에 대한 부당한 예찬이라며 작가를 비난하기도 했다.

바자로프는 실제 투르게네프에게 강한 인상을 줬던 젊은 의사가 그 모델이며 이와 대립하는 파벨 페트로비치는 귀족적 문화의 표상으로 등장한다.

이 작품을 통해 톨스토이, 도스토예프스키와 같이 러시아 문학 3대 거장으로 불리는 투르게네프만의 독특한 문학세계와 사상을 새로운 시각에서 감상할 수 있을 것이다. 우아한 예술적 향기, 아름다운 자연묘사, 슬라브적 우수와 슬픔은 독자들에게 충분한 즐거움이 되리라고 믿는다.

편집부

아버지와 아들

1

1959년 5월 20일, 니콜라이 페트로비치 키르사노프는 여관방에서 아들의 마차가 돌아오기를 초조하게 기다리고 있었다.

"어떻게 됐어, 피오트르? 아직도 보이지 않는가?"

높지 않은 현관에서 모자도 쓰지 않은 채, 짧은 듯한 먼지투성이 외투와 체크무늬 양복바지를 입고 있는 마흔쯤 돼 보이는 신사가 하인에게 물었다. 그의 아들 아르카디는 페테르부르크 대학에서 학위를 받고 집으로 돌아오는 길이었다. 어두침침한 현관에서는 따뜻한 호밀빵 냄새가 감돌았다.

니콜라이 페트로비치는 공상에 잠겨 있었다. '아들

녀석이…… 학사…… 아르카디가……' 이같은 생각이 끊임없이 머릿속을 맴돌았다. 무엇이든 다른 생각을 해 보려고 해도 같은 생각으로 되돌아왔다. 그는 죽은 아내를 생각하며 투덜거렸다.

"조금만 기다려주었다면 좋았을 텐데!"

통통한 흰 비둘기 한 마리가 날아와 샘가에 있는 웅덩이 물을 마셨다. 그쪽을 가만히 바라보고 있을 때 그의 귓가에는 이미 마차의 바퀴소리가 가깝게 들려오기 시작했다.

"오시는 것 같습니다."

하인이 출입문 쪽에서 선뜻 달려와 말했다. 세 필의 말이 끄는 여행마차가 나타났다. 마차 안에는 학생모 테와 그리운 얼굴의 눈에 익은 윤곽이 언뜻 보이는 듯 했다.

"아르카디, 아르카디!"

니콜라이는 큰 소리로 외치며 뛰어나가 아들에게 두 손을 흔들었다. 조금 뒤 그는 아직 수염도 나지 않은, 볕에 그을고 먼지가 뿌옇게 앉은 젊은 학사의 볼에 입을 맞추었다. 마차에서 외투를 입은 후리후리한 청년한 사람이 더 내렸다.

"아버지, 먼지를 털게 해주세요."

아르카디는 여행의 피로로 목이 쉰 듯했지만 들뜬 기분으로 아버지의 포옹을 받으며 청년다운 낭랑한 목소리로 말했다.

"제가 아버지 옷에 먼지를 묻히고 있잖아요."

니콜라이 페트로비치는 다정한 미소를 띠며 괜찮다고 거듭 말하고 아들의 외투 깃과 자신의 것을 두어 번 손으로 털었다. 곧장 여관방으로 빠르게 걸어가면서 "어서 이쪽, 이쪽으로" 하고 말했다. 그는 아들보다 훨씬 흥분한 것처럼 보였다. 살짝 도를 지나쳐 침착성을 잃은 것 같았다.

아르카디는 아버지의 소맷자락을 잡아당겼다.

"아버지, 먼저 제 친구 바자로프를 소개하겠습니다. 가끔 편지에 썼던 친구입니다. 며칠 저희 집에 머물다 가라고 했더니 선뜻 승낙했습니다."

니콜라이 페트로비치는 급하게 돌아서서 청년의 장갑 끼지 않은 붉은 손을 덥석 잡았다. 청년은 약간 마지못해 손을 내밀었다.

"이런 누추한 곳에 와준 호의에 감사하오. 진정으로 기쁘게 여기오. 자네 이름과 부칭(러시아 사람은 성명 외에 아버지 이름에 일정한 어미를 붙인 부칭이 있으며, 성과 이름 사이의 부칭을 함께 부르는 것이 예의다)은 무엇이오?"

"예브게니 바실리예비치입니다."

바자로프는 나른하긴 하지만 사내다운 목소리로 대답했다. 푸른빛이 도는 눈동자에 회황색 구레나룻을 기른 생기 있는 얼굴에 점잖은 미소가 지적인 분위기와 자신감을 풍겼다.

마부가 몇 분 만에 말을 매었다. 아버지와 아들은 자리를 잡고 앉았다. 하인 피오트르는 마부석에 오르고 바자로프 역시 마차에 뛰어오르더니 가죽시트에 머리를 묻었다.

마차에서 그동안 쌓였던 이야기를 나누었다. 니콜라이는 아들의 어깨와 무릎을 연달아 만지면서 농장과 농부들의 소작료에 대한 이야기를 했다. 아르카디는 문득 뒤를 흘긋 돌아보고는 입을 다물고 아무 말도 하지 않았다.

"마리노 마을은 아무것도 변한 게 없다고 했지만 사

실 그렇지도 않단다. 너에게 미리 말해두는 것이 내 의
무라고 생각하는데 말이다……."

그는 잠시 더듬었지만 곧 프랑스어로 말을 계속했다.

"엄격한 도학자라면 내 솔직함을 부도덕하다고 비난
할지 모르겠지만 이런 일은 감출 수 없는 것이고 너도
알다시피, 나는 언제나 부자간에 있어서는 어떤 신념을
가지고 있단다. 물론 그렇다고 해도 너는 이비를 비난
할 권리가 있다. 이 나이에…… 그 처녀 말이다, 어쩌면
너도 벌써 들었을지 모르지만."

"페치니카 말입니까?"

"제발 큰 소리로 그 이름을 부르지 말아다오!"

니콜라이 페트로비치는 얼굴이 빨개졌다.

"지금 우리 집에서 지내고 있단다. 쓰지 않는 작은
방 두 칸이 있어 내어줬지."

"아버지, 무슨 말씀을. 어째서 미안해하시는 거죠?"

"네 친구가 우리와 함께 지내게 되면 거북할 테니 말
이다."

"바자로프라면 신경 쓰지 마세요. 저 친구는 그런 건
모두 초월하고 있으니까요."

17

"너 역시" 하고 니콜라이는 덧붙였다.

"별채가 허술해서 걱정이구나."

"아버지, 왜 그런 말씀을 하세요. 용서를 비는 것 같은데요. 남이 보면 우습게 생각하겠어요."

아르카디가 말을 받았다.

"나는 남의 웃음을 사게 되어 있다."

니콜라이 페트로비치의 얼굴이 더욱 붉어졌다.

"그만두세요, 아버지. 제발 그런 말씀 마세요. 부탁입니다."

아르카디는 상냥한 미소를 지으며 속으로 무엇을 저렇게 미안해하실까 하고 생각했다. 선량하고 친절한 아버지에 대한 자신의 너그러운 애정과 남모를 우월감이 뒤섞여 뿌듯했다.

"제발 그러지 마세요."

아르카디는 자신의 개방적인 사고방식을 의식하면서 되풀이했다. 니콜라이 페트로비치는 이마를 문지르던 손가락 사이로 아들을 물끄러미 바라보았다. 가슴을 찌르는 야릇한 기분을 느꼈으나 곧바로 자책감에 사로잡혔다.

니콜라이 페트로비치는 사랑하던 아내가 아르카디를 낳고 세상을 떠난 뒤 줄곧 외롭게 지내오다 우연한 기회에 동네 여관집 안주인과 가까워지게 되었다. 그러나 그마저도 열여덟 살 외동딸을 남겨두고 세상을 떠나게 되어 자연스레 그 딸을 맡아서 돌보게 되었다. 그러다 정을 통하여 반년 전에 아이를 낳았다. 신분이 다른 여자와 정식으로 결혼을 하지 않고 아이까지 낳았으니 아들을 볼 면목이 없었던 것이다.

마차는 농장을 지나쳤다. 눈앞에 보이는 풍경은 그리 아름답지 않았다. 지평선은 가도 가도 벌판으로 덮여 있었다. 아르카디는 생각에 잠겼다. 찌그러진 집, 가난한 농부들을 그대로 내버려둘 수 없다─농부들은 하나같이 헌 누더기를 걸치고 바짝 여윈 말을 타고 있었다─, 그들에게 필요한 건 교육이었다.

누더기를 걸친 부랑자처럼 껍질이 벗겨지고 가지가 꺾인 버들이 마을길을 따라 늘어서 있었다. 물어뜯기기라도 한 것처럼 털이 거칠고 살이 말라붙은 암소들이 시궁창 옆에서 굶주린 듯 풀을 뜯고 있었다.

그가 생각에 잠겨 있는 사이 봄은 그 화사함을 되찾

고 주위를 찬란한 금빛으로 물들였다. 생각은 점점 엷어지다가 이내 사라져버렸다. 어느새 두 대의 마차는 빨간 철판으로 새 지붕을 이은 회색 목조건물 앞에서 멈췄다.

"이제야 집에 도착했구나."

니콜라이는 모자를 벗고 머리를 뒤로 쓸어 넘기면서 말했다.

"무엇보다 저녁을 먹고 푹 쉬는 게 제일이야. 그렇지만 아르카디, 그 전에 네 방에 가보겠니?"

"네. 좀 씻어야겠어요."

아르카디가 문 쪽으로 갔을 때 중키의 남자가 응접실로 들어왔다. 검은색 조끼가 딸린 영국제 양복에 요즘 유행하는 넥타이를 매고 니스칠을 한 목 짧은 장화를 신은 큰아버지 파벨 페트로비치 키르사노프였다. 그는 마흔다섯쯤 돼 보였는데 짧게 깎은 머리는 표면이 거친 은처럼 검은 윤기가 흐르고 상아빛의 얼굴은 얇은 칼로 다듬기라도 한 것처럼 주름 없이 단정하고 청결한 느낌을 주었다. 특히 가느다랗고 맑은 까만 눈에 젊은 시절의 아름다움이 엿보였다.

풍채가 귀족적이고 우아하며 균형 잡혀 있었다. 일반
적으로 스무 살 이후 점차 잃게 되기 마련인 고매한 성
격을 그대로 지니고 있었다.

파벨 페트로비치는 분홍빛을 띠는 손톱이 긴 손을
바지 주머니에서 꺼내 조카에게 내밀었다. 손은 소매에
달린 커다란 오팔 커프스 단추 덕분에 더욱 아름다워
보였다. 그는 우선 유럽식으로 악수를 한 다음, 러시아
식으로 세 번 입을 맞췄다. 향수 냄새나는 콧수염을 서
너 번쯤 조카의 뺨에 댔다.

"잘 돌아왔다!"

니콜라이 페트로비치는 그에게 바자로프를 소개했
다. 파벨 페트로비치는 날씬한 몸을 살짝 굽히고 미소
를 띠었으나 손은 다시 주머니 속에 집어넣었다.

"오늘은 네가 돌아오기 힘들 거라고 생각했다."

그는 어깨를 으쓱이고 흰 이를 드러내며 상냥하게
말했다.

"오는 길에 무슨 일이라도 있었니?"

"다만 좀 꾸물거렸을 뿐이에요. 저희는 배곯은 늑대
처럼 배가 고파요. 아버지, 프로코피치에게 서두르라고

말씀해주세요. 저는 잠깐 밖에 나갔다 올 테니까요."

"기다리게, 나도 함께 가겠네."

바자로프가 소파에서 갑자기 몸을 일으키며 소리쳤다. 두 젊은이는 밖으로 나갔다.

"저 청년은 누구지?"

파벨 페트로비치가 물었다.

"아르카디의 친구인데 퍽 영리한 사내라는군요."

"우리와 함께 지내게 되는 건가?"

"그래요."

"저 털보 녀석이?"

"그렇다니까."

파벨 페트로비치는 손톱으로 탁자를 톡톡 때리면서 말했다.

"아르카디는 제법 세련된 것 같은데. 그 애가 돌아와서 기쁘군."

두 청년은 돌아와 저녁식사를 하는 동안 이야기를 별로 하지 않았다. 그 중에서도 바자로프는 거의 한 마디도 하지 않고 먹기만 했다.

2

다음 날 아침, 바자로프는 아르카디보다 먼저 일어나 집 밖으로 나갔다. 마구간에서 만난 아이들과 개구리를 잡기 위해 집에서 조금 떨어진 연못으로 갔다.

"개구리는 잡아서 뭐해요?"

한 아이가 물었다.

"무엇에 쓰냐면—" 하고 바자로프가 대답했다.

그는 신분이 낮은 사람들에게 관대하지도 않고 매우 무뚝뚝하게 굴었으나, 그들의 신뢰를 얻는 특별한 재능이 있었다.

"배를 갈라서 어떻게 생겼는지 보려고 하는 거야. 두 발로 걸어다닐 뿐, 인간도 개구리와 다르지 않으니까. 사람들의 뱃속이 어떻게 생겼는지도 알 수 있지."

"그런 걸 어디에 써요?"

"실수가 없게 하기 위해서란다. 네가 병들었을 때 내가 널 고치게 된다면 말이다."

"그럼 아저씨는 의사선생님이군요?"

"그렇단다."

"바시카, 너 들었지? 의사선생님이 말씀하셨어. 너나

나나 개구리와 같다고 말이야. 참 신기하지!"

"난 개구리가 무서워."

소년은 일곱 살쯤 되어 보이는 사내아이로 담황색 머리카락에 높은 칼라가 달린 헐렁한 윗옷을 입고 맨발이었다.

"뭐가 무섭다고 그래, 개구리는 물지도 않는데."

"자, 물에 들어가는 거다. 이 어린 철학자들아" 하고 바자로프가 말했다.

니콜라이 페트로비치는 그 사이에 눈을 떠 아들의 방으로 갔다. 아르카디는 벌써 옷을 다 입고 있었다. 두 사람은 테라스로 나가 그늘진 차양 아래로 들어갔다. 소녀가 나타났다. 어제 현관 앞에서 도착한 사람들을 가장 먼저 마중했던 아이였다.

"페도시야 니콜라예브나는 몸이 좀 불편해서 나오실 수 없습니다. 손수 차를 따라 드실지, 두냐샤를 보내드려야 할지 여쭙고 오라고 하셨습니다."

소녀는 가늘고 야무진 목소리로 말했다.

"내가 손수 따르지."

니콜라이 페트로비치는 황급히 말을 받았다. 그러자 아르카디는 눈을 내리깔고 "용서해주십시오, 아버지. 제 질문이 괴로움을 끼쳐드리게 될지도 모르겠습니다만" 하고 말을 꺼냈다.

"아버지도 숨기는 일 없이 말해주셨으니, 저도 숨김없이 말씀드리고 싶습니다. 노하지 않으시겠죠?"

"이야기해보렴."

"아버지께서 저에게 붕기를 주셨으니 여쭙겠습니다. 페니치카, 그분이 이곳에 오지 않은 건 제가 있기 때문 아닐까요?"

니콜라이 페트로비치는 아르카디의 시선을 슬쩍 피하며 말했다.

"갈피를 잡지 못하는 거야. 부끄러운 게지……."

"부끄러워할 것 없잖아요. 아버지도 제 사고방식을 잘 아시잖아요. 제가 아버지의 생활을 조금도 구속하려 들지 않는다는 걸요. 그리고 저는 아버지가 어리석은 선택을 하실 리 없다고 믿습니다."

아르카디는 이렇게 말하는 것이 매우 기분 좋았다. 목소리가 떨렸다.

"고맙다, 아르카디."

니콜라이 페트로비치는 분명하지 않은 목소리로 말했다.

"너도 짐작하겠지만. 그 사람은 네가 있는 곳에, 더구나 네가 도착한 바로 다음 날 나타나기가 거북한 거란다."

"그럼 제가 그분께 가겠습니다!"

아르카디는 관대한 마음이 새삼스럽게 치밀어 오름을 느끼며 벌떡 일어났다. 만류하는 아버지의 말을 듣지 않고 테라스를 뛰쳐나갔다. 니콜라이 페트로비치는 아들의 뒷모습을 바라보다가 당혹스러운 듯 의자에 주저앉았다.

그의 가슴은 두근거리기 시작했다. 얼굴이 상기되고 가슴이 세차게 뛰었다. 조금 뒤 서두르는 발소리가 들리더니 아르카디가 금세 돌아왔다.

"아버지와 전 가까워졌어요!"

그는 원하는 바를 이룬 밝은 표정으로 선량하게 말했다.

"페도시야 니콜라예브나는 오늘 몸이 불편해서 나

중에 온답니다. 어째서 제게 동생이 있다는 걸 말씀하지 않으셨어요! 어젯밤 입맞춰줄 수 있었을 텐데. 지금 막 입을 맞추고 오는 길이에요."

니콜라이는 무슨 말을 하려는 듯 몸을 일으키더니 두 팔을 벌려 아들을 끌어안으려고 했다. 그러자 아르카디가 먼저 아버지의 목을 덥석 안았다.

"이게 어떻게 된 거야, 아직도 끌어안고 있는 건가?"

뒤에서 파벨 페트로비치의 목소리가 들려왔다. 그의 등장은 두 사람을 기쁘게 했다. 아무리 감동적인 상황이라도 빨리 벗어나고 싶은 때가 있는 법이다. 아르카디는 큰아버지에게 다가갔다. 콧수염이 볼에 가볍게 닿았다.

파벨 페트로비치는 탁자에 걸터앉았다. 우아한 영국식 옷차림에 검은 술이 달린 붉은색 작은 터키모자가 아름다웠다. 모자와 아무렇게나 맨 넥타이가 시골생활의 자유를 암시하고 있었다.

아침 옷차림으로는 늘 그렇듯 하얗지는 않지만 탈색한 루바슈카(소매에 자수를 새긴 헐렁한 블라우스풍의 러시아 민족의상)의 거북한 옷깃이 깨끗이 면도한 턱을 어색하게 떠받치고 있었다.

"네 친구는 어디 있니?"

그는 아르카디에게 물었다.

"밖에 나간 모양입니다."

아르카디의 말로는 바자로프의 집이 이곳에서 30킬로미터가량 떨어진 곳에 있는데, 군의관이던 아버지가 퇴역해 시골의 영지를 경영하고 있다는 것이었다. 파벨은 자신이 근무했던 연대에 그 같은 군의관이 있었음을 기억해냈다. 그는 콧수염을 만지면서 "흠!" 기침을 하고 말했다.

"바자로프는 도대체 어떤 사람이냐?"

"어떤 사람이냐고요?"

아르카디는 반문하고 바자로프에 대해 이야기하기 시작했다.

"그 친구는 니힐리스트예요."

"니힐리스트라니?"

니콜라이가 되물었다. 파벨은 나이프 끝에 버터를 찍으면서 말했다.

"니힐리스트라면, 내가 알기로는 허무라는 뜻의 라

틴어 니힐(Nihil)에서 온 말이다. 아무것도 인정하려고 들지 않는 인간을 뜻하는 것일 테지? 아니, 아무도 존경하지 않는 인간이라고 하는 편이 좋겠지."

파벨 페트로비치는 참견하고 빵에 버터를 마저 바르기 시작했다.

"모든 것을 비판적으로 바라보는 사람을 말하는 것입니다."

아르카디가 말했다.

"아무래도 좋은 것 아닌가."

"아니요, 아무래도 좋은 것은 아니지요. 니힐리스트란 어떤 원리 앞에도 굽히지 않는 인간입니다. 그 원리가 어떠한 존경에 둘러싸여 있더라도 조금도 동하지 않는 인간이지요."

"그래서 어떻다는 말이냐, 그게 좋단 말이냐?" 하고 파벨 페트로비치가 말했다.

"어떤 사람에게는 좋고 어떤 사람에게는 아주 나쁘겠지요."

"그래? 그렇다면 우리들과는 아주 다르구나. 구세대인 우리는 원리(파벨 페트로비치는 이 말을 프랑스식으로 부드럽게 발음했고 아르카디는 반대로 첫 음절에 힘을 주어 발음했다) 없이는, 이른바 네가 말하는 그 믿을 수 없는 원리 없이는 한 발짝도 걸을 수 없고 숨 쉴 수도 없다는 말이다. 참 뭐라고 했지……."

"니힐리스트요" 하고 아르카디는 똑똑하게 말했다.

"그래, 전에는 헤겔학파라는 게 있었는데 지금은 니힐리스트로군. 너희들이 그 공허, 진공 속에서 어떻게 존재해나갈지 두고 보겠다."

여기까지 말하고 파벨은 "니콜라이, 벨을 울려주게. 코코아를 마셔야 할 시간이야" 하고 말했다.

"두냐샤!"

니콜라이가 목청을 높였다. 두냐샤 대신 페니치카가 테라스에 모습을 드러냈다. 그녀는 부끄러워 하는 듯했으나 그러면서도 이 자리에 나올 권리가 있다고 생각하는 것 같았다. 아침 인사를 묻는 파벨에게 낭랑한 목소리로 답하고 상냥하게 미소 짓는 아르카디를 흘긋 보고는 자리를 떠났다. 가볍게 몸을 흔드는 걸음걸이가 그녀에게 잘 어울렸다.

잠시 침묵이 흘렀다. 파벨 페트로비치는 코코아를

마시다가 갑자기 고개를 번쩍 들었다.

"저기 니힐리스트 오시는군."

바자로프는 식탁 앞에 앉더니 서둘러 찻잔을 들었다. 파벨과 니콜라이는 그를 잠자코 지켜보았다. 아르카디는 그들을 번갈아서 살폈다. 이야기의 주제는 과학으로 이어졌다. 그러던 중 파벨과 바자로프 사이에 논쟁이 일어났다.

"지금은 화학자리든가 유물론자들이 판을 치고 있난 말이야."

"훌륭한 화학자는 어느 시인보다 스무 배나 쓸모 있습니다" 하고 바자로프가 말을 가로챘다.

"오호 그래, 자네는 예술을 인정하지 않는 거로군."

"돈을 버는 예술이라든가 치질을 고치는 예술 말입니다."

바자로프는 얕보는 듯한 냉소를 띠며 살짝 언성을 높였다.

"흥! 설마 그건 농담이겠지, 모든 걸 부정한다는 거로군. 그건 그렇고 자네는 결국 과학만을 믿는다는 말인가?"

"이미 말씀드린 바와 같이 저는 아무것도 믿지 않습니다. 과학이 대체 뭡니까, 과학 일반 말입니다. 과학 일반은 존재하지 않습니다."

"정말 옳으신 말씀이군! 자네는 그 밖의 생활법률 따위에도 부정적인 태도를 취하겠군."

"아니, 이건 심문입니까?" 하고 바자로프가 물었다.

파벨 페트로비치의 안색이 창백해졌다. 니콜라이 페트로비치는 두 사람의 대화에 끼어들지 않으면 안 되겠다고 생각했다.

"이 문제에 대해서는 다음에 다시 이야기하기로 하세. 자네 의견을 자세히 듣고 내 의견도 말하지. 나로서는 자네가 자연과학을 하고 있다는 사실이 대단히 기쁘다네."

파벨 페트로비치는 의자에서 일어나 조용히 발꿈치를 돌려 걸어나갔다. 니콜라이 페트로비치도 뒤따라나갔다.

"저분은 언제나 저러신가?"

형제가 사라지고 문이 닫히자 바자로프는 냉정하게 물었다.

"자네가 지나치게 말대꾸를 한 거야, 그분을 노하게
했어."

"자네 말이 옳아. 내가 저런 사람들, 시골뜨기 귀족
의 응석을 보고만 있겠느냔 말이야. 모두 자만심이야.
우쭐거리는 나쁜 버릇이고 진부한 재담꾼 기질이지."

"내가 자네에게 이야기해주기로 했었지, 큰아버지는
자네가 생각하고 있는 그런 분이 아니야. 조롱의 대상
이 되기보다 동정이 갈 만한 분이지."

파벨 페트로비치 키르사노프는 어렸을 때부터 용모
가 남달리 아름다워 사람들의 이목을 끌었다. 그는 매
우 자신만만하고 남을 깔보는 버릇이 있었으나 해학적
인 행동 때문에 누구에게나 귀여움을 받았다.

사관이 되자 그는 여기저기 얼굴을 드러내기 시작했
다. 수많은 여인들이 그의 뒤를 따랐다. 대위로 진급했
을 때 그의 나이는 스물여덟이었다. 장래는 눈부실 듯
했다. 그 즈음 모든 것이 달라질 사건이 일어났다.

그 무렵 페테르부르크 사교계에 P공작부인이 나타났
다. 그녀는 가정교육을 잘 받은 예의 바른 사람이었지
만 남편이 조금 모자라고 자식은 없었다. 그녀는 온갖

쾌락에 빠져서 조금이라도 위안되는 것이 있으면 자신을 던졌다. 몸매가 아주 훌륭하고 빛나는 금발을 무릎 아래까지 늘어뜨렸으며 옷차림에 언제나 신경을 썼지만 그 누구도 그녀를 미인이라고 생각하는 사람은 없었다.

파벨은 무도회에서 부인과 춤을 추게 되었다. 마주르카를 추는 동안 그녀는 분별 있는 말을 한마디도 하지 않았지만 그는 부인을 열렬히 사랑하게 되었다. 그러나 비밀스럽고 다가가기 어려운 이상한 베일에 가려 손쉽게 다가갈 수 있는 여인은 아니었다.

파벨은 P공작부인이 자기를 사랑해주고 있는 동안에도 마음이 괴롭고 무거웠다. 생각보다 빠르게 닥친 일이기는 하지만 그에 대한 그녀의 관심이 식었을 때 그는 거의 미칠 지경이었다. 그는 질투와 괴로움으로 어디든지 그녀를 쫓아다니며 귀찮게 했다. 그녀는 외국으로 떠나버렸다.

파벨은 동료들의 간청이나 상관의 충고에도 불구하고 장교직에서 물러나 공작부인의 뒤를 따랐다. 그렇게 타국에서 4년이라는 세월을 보내고 바덴에서 다시 만난 두 사람은 한 달, 마지막으로 다시 한 번 불꽃이 튀는가 싶더니 영원히 꺼졌다.

그는 타인에게 특별한 기대를 하지 않았고 다른 무엇도 하지 않았다. 그는 나이 들어 백발이 되었다. 밤마다 침체된 모습으로 클럽에서 자리를 차지하고 있거나 독신자들과 어울려 토론을 일삼았는데, 이는 좋은 징조가 아니었다. 그렇게 10년이 흘렀다

파벨은 어느 날 클럽에서 식사를 하다가 P공작부인이 파리에서 죽었다는 소식을 듣게 되었다. 몇 시간 후 그는 자기 앞으로 온 소포를 받아들었다. 자신이 공작부인에게 선물했던 반지가 들어 있었다.

그는 페테르부르크로 돌아왔다. 그러나 니콜라이를 만나지 못하고 있었다.

"저는 이제 형님을 마리노에 초대하지 않겠어요."

하루는 니콜라이가 형에게 말했다. 그는 죽은 아내 마리아를 기리기 위해 마을 이름을 마리노라고 지었던 것이다.

"형님께서는 아내가 살아 있을 때도 마을에 오시면 그토록 지루해하셨는데, 이제 울적한 마음에 돌아가실

까 두렵습니다."

"그 당시 나는 어리석고 불안했지."

파벨 페트로비치는 말을 이었다.

"현명하지도 못했고. 너만 용서해준다면 그리로 가서 영원히 살아도 좋다고 생각하고 있다."

니콜라이는 대답 대신 형을 끌어안았다. 그리고 반년 뒤 형제는 같이 살게 되었다.

파벨은 독서를 하기 시작했는데 대부분은 영어로 된 것이었다. 그는 자신의 모든 생활을 영국식으로 꾸려나가고 사람들도 거의 만나지 않았다. 다만 선거 때만은 외출을 했는데 그곳에서도 대부분 침묵을 지켰으며, 이따금 자신의 자유주의적 언행으로 구식 지주들을 골려주거나 깜짝 놀라게 했다.

모두 그를 거만한 사내라고 생각했지만 그의 완벽한 귀족적 태도와 모든 여자가 반할 만한 남자라는 평판 때문에 그를 존경했다. 나무랄 데 없이 훌륭한 복장과 음식에 대한 해박한 지식, 고급 향수 냄새를 풍기고 은으로 만든 여행용 화장도구와 목욕통을 들고 다니고 카드놀이를 능숙하게 즐기지만 솜씨가 좋으면서도 늘

져주기만 한다는 것이 존경받는 이유였다. 그의 흠잡을
데 없는 성실성 때문이기도 했다.

"큰아버지는 헤어날 길 없이 불행하신 분이야, 내 말
을 믿어주게. 그분을 멸시하는 건 좋지 않아."

아르카디가 여기까지 말했을 때 바자로프는 "누가
그분을 멸시한댔나?"라고 응수했다.

"그러나 나는 역시 이렇게 말하고 싶네. 사내가 자신
이 모든 걸 여자의 사랑이라는 카드 한 장에 걸었다가
끝에 가서 그 사랑이 실패했을 때 녹초가 되어 아무것
도 할 수 없이 타락한다면 그건 사내대장부라고 말할
수 없단 말이야."

"큰아버지가 받은 교육이나 살아온 시대를 생각해
보게."

"교육이라니?"

바자로프가 말을 받았다.

"어느 누구든 자기 자신을 스스로 교육해야만 하는
거야. 이를 테면 나처럼 말일세. 그리고 우리가 살고 있
는 시대라니, 왜 내가 시대에 의존해야 하지? 게다가 남
녀 간의 신비한 관계라니, 뭘 말하는 건가. 우리 같은

생물학자는 그게 어떤 관계인지 잘 알고 있어. 모두 로맨틱한 헛소리고 진부한 미학일세. 자, 물방개라도 보러 가지 않겠나?"

아르카디는 바자로프를 따라 방으로 건너갔다. 두 사람은 방에서 값싼 담배와 수술용 알코올 냄새를 자욱이 풍겼다.

니콜라이 페트로비치는 어느 날 아르카디와 바자로프가 돌아오지 않아 뜰까지 마중을 나갔다. 정자가 있는 곳까지 걸어갔을 때 젊은이들의 빠른 발소리와 이야기 소리가 들려왔다. 두 사람은 정자 맞은편에서 걷고 있었기 때문에 그를 발견하지 못했다.

"자네는 내 아버지를 충분히 이해하지 못하고 있는 거야."

아르카디가 말했다. 니콜라이는 숨을 죽였다.

"자네 아버지는 좋은 분이셔. 하지만 그분은 이제 구시대 인물이고 이미 인생의 황금기가 지나가버렸어."

니콜라이는 귀를 기울였다. 아르카디는 아무 말이 없었다. 구시대 인물은 2분쯤 숨을 죽이고 서 있다가

어정어정 집 쪽으로 걸어왔다. 두 사람은 말을 이어나
갔다.

"그저께 보니 그분은 푸시킨을 읽고 계시더군."

바자로프가 계속 말했다.

"제발 설명해드리게, 그런 건 아무 쓸모가 없다고 말
일세. 요즘 세상에 로맨티스트가 되시려는 건가? 조금
이라도 유익한 것을 읽을 수 있도록 권해드리게."

그날 니콜라이 페트로비치는 점심을 먹고 파벨의 서
재로 가서 이렇게 말했다.

"형님이나 저는 아무래도 시대에 뒤떨어진 인간이
된 모양이에요, 이미 다 끝났다고 하더군요. 바자로프
의 말이 옳은지도 모르겠어요. 한 가지 괴로운 건 나는
뒤처지고 아르카디는 저 앞으로 달려가서 점점 서로
이해하며 지낼 수 없게 되는 거예요."

"어째서 그 애가 저 앞으로 달려간 거지, 어째서 그
애와 우리 사이에 이토록 지독한 차이가 생겼냐는 말
이야? 이건 순전히 니힐리스트인가 뭔가 하는 그 녀석
이 그런 생각을 불어넣었기 때문이야."

파벨은 참을 수 없다는 듯 큰 소리로 외쳤다.

"녀석은 사기꾼에 지나지 않아. 개구리 같은 걸 잡아다가 무슨 수로 물리에 도움되는 일을 할 수 있겠어?"

"형님, 그렇지만 바자로프는 현명하고 뭐든 잘 알고 있어요."

"그놈은 한날 쭉정이에 지나지 않아. 게다가 비위가 아주 거슬린다는 말일세."

그날 저녁 차를 들 때 한바탕 입씨름이 벌어졌다.

파벨 페트로비치는 이미 전투태세를 갖추고 민감하고 단호한 태도로 응접실에 들어왔다. 그는 적을 물고 늘어질 구실을 노리고 있었으나 그것을 찾아내기가 쉽지 않았다.

바자로프는 키르사노프 댁 늙은이들(그는 두 형제를 이렇게 불렀다) 앞에서는 결코 많이 지껄이지 않았는데, 그날따라 기분이 상해서 입을 다문 채 차만 몇 잔째 마시고 있었다.

파벨은 조바심으로 가슴이 타는 것 같았다. 그러나 마침내 그의 기대가 실현되었다. 화제는 이웃마을에 사는 어느 지주에 관한 것이었다.

"그는 건달입니다, 형편없는 귀족이죠."

바자로프는 냉정하게 말했다. 페테부르크에 있을 때 그 지주와 알고 지냈던 것이다.

"그럼 잠깐 묻겠는데" 하고 파벨이 말을 붙였다. 그의 입술은 흥분으로 떨리고 있었다.

"자네는 건달과 귀족이 같은 의미라고 생각하나."

"저는 형편없는 귀족이라고 했습니다."

바자로프는 차를 한 모금 마시면서 성가시다는 듯 대꾸했다.

"자네는 확실히 그렇게 말했어. 하지만 내가 짐작하기로 자네는 귀족들이 전부 형편없다고 생각하는 것 같네. 그리고 나는 그 의견에 동의하지 않는다는 걸 자네에게 말해줄 의무가 있지. 이 자리에서 말해두지만 모두들 나를 자유주의적이고 진보적인 인간으로 알고 있어, 그렇기 때문에 나는 귀족들을 존경하네. 생각해 보게, 선생."

파벨이 어색한 호칭을 붙이자 바자로프가 그를 쳐다보았다. 파벨은 날카로운 음성으로 다시금 되풀이했다.

"영국 귀족들에 대해 말일세. 자신들의 권리는 손톱만큼도 양보하지 않고 또 그렇기 때문에 다른 사람의 권리도 존중하는 걸세. 그들은 타인에게 의무와 책임을 요구하고 그것으로 자신의 의무를 수행하는 것일세. 귀족 계급은 영국에 자유를 줬고 지금도 그것을 유지하고 있지."

"그런 이야기는 귀가 아프도록 수없이 들었습니다." 바자로프가 대꾸했다.

"그런데 그것으로 뭘 입증하시려는 겁니까?"

"선생, 내가 요것으로(어법 상 허용되지 않는다는 것을 알면서도 흥분하면 습관적으로 '요것'이라는 말을 쓰는 것이었다) 증명하고 싶은 것은 자존심 없이는, 자기 자신에 대한 존중 없이는—귀족에게는 이런 감각이 발달해 있기는 하지만— 사회구조와 복지의 아무런 기반도 마련할 수 없다는 것이네. 개성이야말로 요긴한 것이지. 반석처럼 견고히 해야만 하는 것일세. 그것을 기반으로 모든 것이 세워지기 때문이야. 나는 모든 걸 짐작하고 있네. 이를테면 자네는 내 습관, 치장, 나아가서는 내 깔끔함까지 우습게 여기고 있는 모양이지만 이건 모두 자존심, 의무감…… 그렇지, 의무감에 그러는 거라네. 촌구석에서 살고 있지만 그렇다고 해서 나의 품위를 떨어뜨릴

수는 없지. 인간다운 존재로서 나 자신을 존중하기 때
문이네."

"잠깐 실례입니다만, 파벨 페트로비치 씨. 당신은 자
신을 존중하신다면서 팔짱을 끼고 앉아계십니다. 그렇
다면 그게 사회복지에 무슨 쓸모가 있습니까? 당신은
스스로를 존중하지 않아도 그렇게 하셨을 겁니다."

파벨의 얼굴이 창백해졌다.

"그건 아주 다른 문제일세. 왜 내가 자네 말대로 팔
짱을 끼고 앉아 있는가? 그 이유를 밝힐 필요는 조금
도 없다고 생각하네만. 내가 말하고 싶은 건 귀족주의
는 하나의 원리이며, 원리 없이는 패륜이나 무뢰한들도
살아가기 어렵다는 것일세. 돌아온 이튿날 아르카디에
게도 이같은 말을 했지만 자네에게도 거듭 강조해두겠
네. 니콜라이, 그렇지 않은가?"

니콜라이 페트로비치는 고개를 끄덕였다. 그 틈에
바자로프가 말했다.

"귀족주의, 자유주의, 진보, 원리…… 그야말로 여러
가지로 외국의 쓸모없는 단어들뿐이군요! 러시아인에
게 그런 것은 거저 준대도 필요 없습니다."

"그럼 무엇이 필요한가? 자네 말을 듣고 있으니 우리는 인류의 테두리 밖에 놓여 있는 것 같군. 역사의 논리가 요구하는 것은—"

"하지만 그런 논리가 우리에게 무슨 쓸모가 있다는 겁니까, 그런 것들 없이도 문제없습니다."

"그게 무슨 뜻이지?"

"배고플 때 빵 한 조각 입에 넣기 위해 무슨 논리가 필요합니까, 추상적인 논리라는 것이 우리에게 무슨 소용이 있느냐는 말입니다!"

파벨은 두 손을 내저었다.

"그런 말을 하다니, 나는 정말 자네를 이해할 수 없네. 자네는 러시아 국민을 모독하고 있어. 원리와 규칙을 어째서 인정할 수 없다는 건가, 난 도무지 알 수가 없군. 도대체 자넨 무엇에 의해 행동하고 있나?"

"큰아버지, 제가 이미 말씀드렸지만 저희는 어떤 권위도 인정하지 않아요."

아르카디가 참견했다.

"우리 자신에게 유익하다고 인정되는 것에 의해서만 행동합니다. 지금은 부정하는 것이 가장 유익하다고 생

44

각하기 때문에 부정하는 겁니다."

"모든 것을 말인가?"

"예, 모든 걸 말입니다."

"어떻게 예술이나 시뿐만 아니라 그리고 또…… 입
밖에 내기도 무섭군."

"모든 것을요."

바자로프는 침착한 태도로 거듭 말했다. 파벨은 그에
게 가만히 눈을 돌렸고 두 청년은 토론을 끝내고 응접
실을 나갔다. 파벨은 니콜라이와 눈이 마주쳐 다시 입
을 열었다.

"저게 요즘 젊은이들이라네, 우리의 후대라네."

그 말을 듣고 있던 니콜라이는 낙심한 듯 말했다.

"형님, 옛일이 생각납니다. 돌아가신 어머니와 말다
툼한 일이 있었지요. 어머니는 꾸중만 하시고 내 말은
들어주지 않으셨기에 이렇게 말한 적이 있습니다. 시대
가 다르니 하는 수 없다, 사고방식이 다르다고요. 그랬
더니 어머니께서 대단히 화내셨던 기억이 납니다. 그
차례가 지금 우리에게 온 것 아니겠어요?"

파벨은 끝까지 자기 생각이 옳다고 주장했다.

3

며칠 뒤 현 지사댁에서 무도회가 열렸다. 아르카디는 춤 솜씨가 서툴렀고 바자로프는 전혀 추지 않았다. 한쪽 구석자리를 차지하고 있는데 시트니코프가 곧 두 사람 사이에 끼어들었다. 그는 얼굴이 갑자기 변하더니 다소 당황한 목소리로 "오딘초바 부인이 왔어요" 하고 말했다. 아르카디는 두리번거리다 문 앞에 서 있는 검은색 옷을 입은 키 큰 부인을 발견했다.

그녀의 당당한 인품은 아르카디를 당황하게 만들었다. 드러난 두 팔은 균형 잡힌 몸에 아름답게 늘어져 있고 밝게 빛나는 눈은 도톰하게 뛰어나온 이마 밑에서 총명한 시선을 던지고 있었다. 그녀는 엷은 미소를 머금고 있었는데 부드럽고 상냥하면서도 어딘지 엄숙해 보였다.

아르카디는 시트니코프에게 오딘초바 부인을 소개해 달라고 했다. 바자로프도 그녀를 관심 있게 바라보았다. 시트니코프는 4인조 무용이 끝나기를 기다렸다가 아르카디를 오딘초바 부인 곁으로 데려갔다. 그러나 그 역시 친밀한 사이는 아닌 듯했다.

부인은 아르카디라는 성을 듣고 반가운 빛을 띠더니 니콜라이 페트로비치의 아드님이냐고 물었다.

"네, 그렇습니다."

"당신의 아버님을 두 번 뵈었어요. 지금도 가끔 그분의 소식을 듣죠. 당신을 알게 돼서 매우 기뻐요."

오딘초바 부인은 아르카디와 많이 차이나지 않는 연상이었는데, 그는 초등학생이나 어린 제자가 된 것 같은 기분이었다. 확실히 두 사람 사이 나이차가 훨씬 뚜렷하게 느껴졌다.

마트베이 일리이치는 위엄 있는 표정을 짓고 비위를 맞추는 듯한 말투로 지껄이면서 그녀 곁으로 다가왔다. 아르카디는 비켜서기는 했지만 그녀에게서 시선을 뗄 수 없었다. 춤을 추면서도 눈을 떼지 않았다.

그녀는 고관에게 그러는 것처럼 함께 춤을 추는 상대와 막연한 태도로 이야기를 나누다가 머리를 흔들거나 눈으로 가볍게 웃었다. 그녀의 코는 대부분의 러시아인과 마찬가지로 약간 두꺼웠으며 피부색도 완벽히 투명하다고 할 수는 없었으나, 아르카디는 이제껏 이토록 매력 있는 부인을 만나본 적 없다고 생각했다.

그녀의 음성이 귀에서 떠나지 않았다. 옷 주름도 다른 여자들과 달리 한층 맵시 있고 여유 있어 보였다. 몸짓도 놀랄 만큼 경쾌하고 자연스러웠다. 말을 많이 하지 않았지만 경험적인 지식이 엿보였다. 아르카디는 그녀와 이야기를 나누면서 이 젊은 부인이 많은 감정을 체험하고 깊이 명상해왔을 것이라는 결론을 내렸다.

"당신과 함께 서 계셨던 분은 누구죠? 시트니코프가 당신을 내게 소개할 때 말이에요."

그녀가 물었다.

"그를 보셨군요, 정말 잘생겼지요. 바자로프라는 제 친구입니다."

아르카디가 그에 대해 너무나도 자세히 열광적으로 이야기하는 바람에 오딘초바 부인은 계속 돌아보며 그를 자세히 뜯어볼 정도였다.

"저희 집에 방문해주시기로 약속한 거죠? 그때 친구분과 함께 오세요. 아무것도 믿지 않는다고 주장하는 사람에게 호기심이 많거든요."

지사가 오딘초바 부인 곁으로 와서 저녁식사가 준비되었다며 손을 내밀었다. 부인은 뒤돌아보며 아르카디에게 생긋 웃어 보였다. 아르카디는 가볍게 머리를 숙여 답례하고 그 모습을 오래 바라보았다. 그는 더없이 황홀했다. 가슴 속에 우아한 겸손이 깃든 것 같았다. 내 존재 같은 건 이 순간 잊었겠지, 생각하며 자리로 돌아왔다.

"오딘초바 부인이 자네를 만나보고 싶다고 꼭 한번 데리고 오라더군."

"또 있는 말 없는 말 다 주워다 했겠군. 잘했네, 나를 데러가주게. 단순히 시골 사교계의 여왕이든 개방된 여인이든 보기 드문 미인이니까."

두 사람은 이튿날 오딘초바 부인이 머물고 있는 여관으로 찾아갔다. 젊은 하인이 나와 두 사람을 방으로 안내했다. 방안에는 꽃이 가득했고 곧 간소한 아침 옷차림의 오딘초바 부인이 나타났다. 봄햇살 아래 그녀는 한층 더 생기 있어 보였다. 아르카디는 그녀에게 바자로프를 소개했다. 아르카디는 바자로프가 당황하고 있다는 것을 눈치채고 적잖이 놀랐다. 바자로프도 스스로 당황한 것을 느끼고 화가 치밀어 올랐다.

투기꾼이자 노름꾼인 미남자 세르게이 니콜라예비

치 로크체프의 여식으로 태어난 안나 세르게예브나 오
딘초바는 스무 살 무렵 부모를 여의었다. 페테르부르크
에서 받은 교육은 그녀가 농장일이나 집안일 같은 적
막한 농촌생활을 이겨낼 수 있도록 돕지 못했다. 이웃
에 아는 사람이나 상의할 만한 사람도 없었다. 안나는
여덟 살 터울의 동생 카샤를 보살피면서 한편 어머니
의 언니뻘 되는 모 공작의 따님을 자기 집으로 모셔왔
다. 마음씨가 고약한 노파여서 조카딸의 집으로 옮겨
와 좋은 방을 전부 차지하고 하루 종일 투덜대며 잔소
리를 해댔다. 안나는 그녀의 변덕을 참을성 있게 견디
면서 동생을 조금씩 가르치며 시골에서 벗어나기를 단
념했지만 운명은 그녀에게 다른 것을 약속했다.

바보나 악인은 아니지만 괴상한 우울증 환자인데다
뚱뚱하고 우둔하며 늘 벌레 씹은 얼굴인 마흔여섯의
돈 많은 오딘초바라는 사내가 그녀에게 홀딱 반해 청혼
했다. 그녀는 그의 아내가 되기로 했다. 결혼한 지 6년
이 되던 해 그는 아내에게 자신의 전 재산을 남기고 죽
고 말았다.

안나 세르게예브나는 그가 죽은 뒤 일 년간 두문불

출하다 동생과 외국여행을 떠났는데 곧 싫증이 나서
돌아왔다. 마을에서 그녀에 대한 이야기가 많았지만
그녀는 확고한 신념을 가지고 있었다. 그녀는 한적한
시골에서 시간을 낭비하지는 않았다. 좋은 책을 읽었으
며 정확한 러시아어로 의사표현을 했다.

그녀는 이야기의 주제를 음악으로 돌리려고 했으나
바자로프가 예술을 인정하지 않는다는 것을 눈치채고
아르카디가 민요가락에 대한 이야기를 꺼내려 하자, 주
제를 식물학으로 슬쩍 돌렸다. 오딘초바 부인은 전과
다름없이 아르카디를 동생처럼 대했다. 그의 선량함과
순박함을 인정할 뿐이었다. 대화는 활발히 그러나 서두
르는 기색 없이 세 시간 동안 계속되었다. 두 사람은 곧
일어나서 작별인사를 했다. 안나 세르게예브나는 두 사
람을 상냥하게 바라보며 희고 고운 손을 내밀고 잠시
생각하는 듯 주저하더니 이내 웃으며 말했다.

"오늘 지루하지 않으셨다면 니콜스코예 마을에 있는
저희 집에 들러주세요."

"무슨 말씀을 그렇게 하십니까, 저로서는 분에 넘치
는 기쁨입니다!"

아르카디가 큰 소리로 말했다.

"당신은요, 바자로프 씨?"

오딘초바 부인은 바자로프에게 여운을 남겼다.

사흘 뒤, 두 사람은 국도로 마차를 달렸다. 구름 한 점 없이 맑은 하늘이었다. 살찐 말은 발을 맞춰 상쾌하게 달렸다. 오딘초바 부인이 살고 있는 저택은 훤히 트인 언덕 위에 있었다. 얼마 떨어지지 않은 곳에 교회가 있고 그 뒤로 마을의 농가가 두 줄로 이어져 있었다. 지주의 저택은 교회와 같은 석조건물이었다. 저택 주변에 울창하던 수풀이 깨끗이 손질되어 흔적만 남아 있었다. 두 사람은 응접실로 안내받았다. 곧 집 주인이 들어왔다. 귀에 산뜻하게 갖다 붙인 머리카락이 서늘한 낯에 한결 숙녀 같은 느낌을 주었다.

"약속을 지켜줘서 고마워요. 천천히 쉬다 가세요. 이곳은 꽤 좋은 곳이에요. 제 동생을 소개해드리죠. 피아노를 곧잘 친답니다. 바자로프 씨는 별로 관심이 없으시겠지만 키르사노프 씨, 당신은 좋아할 것 같군요. 이모님 한 분이 함께 살고 계시고 이웃집의 아저씨가 가끔 카드놀이를 하러 찾아오세요. 그게 전부죠. 자, 앉으세요."

오딘초바 부인은 짤막한 연설을 분명한 어조로 단숨에 했다. 그러고는 아르카디에게 그녀의 어머니가 페니치카와 친분이 깊어 니콜라이 페트로비치와의 관계를 터놓고 말하는 사이였다고 말했다. 아르카디는 죽은 어머니에 대해 이야기했다. 그러는 동안 비자보프는 앨범을 찬찬히 살펴보면서 나도 참 점잖아졌군, 생각했다. 하늘색 목걸이를 맨 개가 바닥을 발톱으로 짚으며 응접실로 달려 들어왔고 그 뒤로 열여덟쯤 돼 보이는 소녀가 들어왔다. 머리가 검고 가무잡잡했으며 약간 둥글고 보기 좋은 얼굴에 크지 않은 눈을 가지고 있었다. 그녀는 꽃바구니를 두 손으로 들고 있었다.

"제 동생 카샤예요."

카샤는 무릎을 살짝 굽혀 인사하고 언니 곁에 앉아 꽃을 추리기 시작했다. 피피라고 부르는 보르조이 품종의 개는 꼬리를 휘두르면서 두 자매의 손에 꼬리를 비벼댔다.

"이걸 네가 다 꺾었니?"

"네."

"이모님은 차를 드시러 오신다니?"

"오신댔어요."

카샤는 귀여운 미소를 지으며 부끄러운 듯 그러나 꾸밈없는 태도로 눈을 살며시 치켜떴다. 그녀에게선 풋내가 났다. 음성이나 얼굴에 가득 돋아난 솜털, 장밋빛으로 물든 손바닥과 오목이 패인 듯한 어깨⋯⋯. 카샤는 여전히 얼굴을 붉히고 숨을 편하게 쉬지 못했다.

"당신은 체면상 마지못해 사진을 보고 계시는군요."

오딘초바 부인이 바자로프에게 말했다.

"그런 건 당신의 흥미를 끌 수 없을 거예요. 이쪽으로 오는 게 좋지 않겠어요? 뭔가 토론할 수 있도록 말이에요."

바자로프는 가까이 다가와 앉으면서 "어떤 토론을 원하십니까?" 하고 물었다.

"무엇이든 좋아하는 주제로 하세요. 미리 말해두지만 저는 토론을 퍽 좋아한답니다."

"부인께서 말씀입니까."

"그래요, 꽤 놀라신 것 같군요. 어째서죠?"

"저의 짐작으로 당신은 침착하고 냉정한 기질을 지닌 것 같은데, 토론에는 어느 정도의 흥분이 필요하니까요."

"무슨 근거로 그렇게 단정하시는 거죠? 저는 성질이 급하고 완고하답니다, 카샤에게 물어보면 금방 알 수 있죠. 그리고 아주 쉽게 빠져들어요."

오딘초바 부인과 바자로프는 한참동안 토론을 벌이다 끝나갈 무렵 차를 마시고 슬슬 산책을 하려고 했으나 보슬비가 내려서 카드놀이를 하기로 했다.

"참, 카샤. 아르카디 씨를 위해 피아노를 쳐드리렴. 음악을 좋아하실 테니까."

카샤는 피아노 뚜껑을 열더니 아르카디의 얼굴을 보지도 않고 낮은 목소리로 물었다.

"무슨 곡으로 할까요?"

"무엇이든 좋은 것으로."

아르카디는 시원찮게 대답했다.

"모차르트는 어떠세요?"

"좋습니다."

카샤는 모차르트의 환상곡 C단조 소나타를 치기 시

작했다. 연주는 다소 기계적이고 무미건조했지만 그래도 훌륭한 솜씨였다. 그녀는 악보에서 눈을 떼지 않고 입술을 굳게 다문 채 똑바로 앉아 있었는데, 곡이 끝나갈 무렵에는 얼굴에 홍조를 띠고 몇 가닥 헝클어진 머리카락이 검은 눈썹 위로 늘어졌다.

아르카디는 곡의 마지막 부분이 특히 감동적이었다. 자유로운 가락이 주는 매혹적이고 상쾌한 느낌 가운데 느닷없이 비통한, 거의 비극적이라고 할 만한 비애의 충동이 일었다. 그러나 모차르트의 음악이 불러일으킨 상념은 카샤와는 관계없는 것이었다. 그녀에 대해 피아노를 꽤 잘 치고 얼굴이 밉지 않은 아가씨라고 생각했을 뿐이었다.

카샤는 건반에서 손을 떼지 않은 채 "이제 그만 쳐도 되겠지요?" 하고 물었다. 아르카디는 그녀에게 더 이상 수고를 끼칠 수 없다고 말하고 그녀와 모차르트에 대해 이야기하기 시작했다. 카샤에게 곡을 스스로 골랐는지, 누군가 권유했는지 물었다. 그녀는 대부분의 질문에 짤막하게 대답했다. 자신을 거의 드러내지 않으면서 자기만의 방에 갇혀 있는 듯했다. 그때마다 표정까지 완고하고 무감각해졌다. 소심한 건 아니었지만 의심이 많고 자기를 돌봐준 언니에 대한 두려움도 가지고 있었다. 오딘초바 부인으로서는 꿈에도 상상 못할 일이었다.

아르카디는 방으로 들어온 피피를 불러 온화한 표정으로 머리를 쓰다듬어주고 분위기를 자연스럽게 이끌었다. 카샤는 다시 꽃을 고르기 시작했다. 한편 비지로프는 카드놀이에서 번번이 지고 있었다. 안나 세르게예브나의 솜씨도 보통이 아니었으며, 그 역시 자기 몫을 지킬 수 있는 실력이었으나 결국에는 지고 말았다. 대단한 액수는 아니지만 유쾌한 일은 아니었다.

안내받은 침실에 들어서자 아르카디가 먼저 말을 꺼냈다.

"보기 드문 여자지?"

"그래, 확실히 영리한 여자야. 경험도 많고."

"어떤 의미로 그렇게 말하는 건가?"

"물론 좋은 의미에서야. 아르카디 니콜라예비치, 내가 보증하지. 그녀는 영지를 훌륭하게 운영하고 있는 게 틀림없어. 그러나 사실 멋있는 건 그 동생이야."

"그 가무잡잡한 아가씨가 말인가?"

"그래, 그 애는 맑고 깨끗하고 수줍음 많고 조용하고 그 밖에도 좋은 점이 많아. 카샤는 누구든 자기가 마음 먹은 대로 할 수 있겠지만 그녀는 늙은 너구리야."

아르카디는 바자로프의 말에 아무런 대꾸도 하지 않았다. 그들은 각각 다른 생각에 잠겨 잠자리에 들었다.

안나 세르게예브나도 그날 밤 손님들에 대해 생각하고 있었다. 바자로프의 가식 없는 태도나 신랄한 비판이 마음에 들었다. 지금까지 보지 못한 새로운 발견이었다.

그녀는 본래 호기심이 강했다. 선입견에 얽매이지 않고 깊은 신앙심도 없었으며, 무슨 일이든 자기 뜻을 양보하지 않고 자신의 길을 벗어나지 않았다. 주관이 확실하고 또 많은 것에 흥미를 가지고 있었지만 어느 것 하나 그녀를 충분히 만족시켜주지 못했다.

다음날 아침 안나는 아침식사를 마치고 바자로프와 식물채집을 나갔다가 점심식사 전에 돌아왔다. 그러는 동안 아르카디는 한 시간쯤을 카샤와 함께 보냈다. 그녀와 있으면 지루하지 않았다. 그녀는 자발적으로 어제

의 곡을 다시 한 번 쳐주겠다고 말했다. 그러나 그때 오
딘초바 부인이 돌아왔다. 아르카디는 그녀를 보자 가
슴이 죄어드는 것 같았다. 볼이 새빨갛고 밀짚모자 아
래 두 눈은 더 빛나고 있었다. 바자로프는 그녀 뒤를 평
소같이 자신만만한 태도로 태연하게 걸어왔지만 표정
은 매우 들떠 있을 뿐 아니라 다정해 보이기까지 했다.
이는 그다지 기분 좋은 일이 아니었다.

"잘 잤나."

바자로프는 우물거리고는 방으로 향했고 오딘초바
부인은 무심결에 악수를 하더니 곁을 지나쳤다. 잘 잤
나라니, 마치 오늘 처음 만난 사람처럼 말하는군! 아르
카디는 생각했다.

다 아는 사실이지만 시간은 어느 때는 새처럼 날고
어느 때는 벌레처럼 기는 것이다. 아르카디와 바자로프
는 이런 식으로 보름을 지냈다.

그동안 바자로프는 오딘초바 부인의 상상력에 강한
자극을 주었고 그녀의 마음을 사로잡았으며, 오랜 시간
을 들여 그녀가 그를 생각하도록 만들었다. 그가 없다

고 해서 지루해하거나 그를 내내 기다리는 건 아니지만 그가 나타나면 활기를 띠었다. 그녀는 그와 단둘이 이야기할 수 있는 시간을 만들었다.

바자로프는 어느 날 뜰을 거닐다가 아버지를 뵙기 위해 떠날 생각이라고 퉁명스러운 어조로 말했다. 그녀의 반응을 떠보려고 일부러 그렇게 말한 건 아니었다. 그날 아침 그는 아버지의 토지관리인으로 일하며 자신을 돌봐준 치모페이치를 만났던 것이다.

"부모님께서 나를 퍽 기다리시겠지."

"아아, 도련님! 어떻게 기다리지 않을 수 있겠습니까. 맹세하지만 두 분을 뵐 적마다 가슴이 찢어지는 것 같습니다."

"그래. 좋아요, 좋아. 그렇다고 너무 과장해서 말하지는 마시오. 곧 돌아갈 테니 그렇게 전해드리세요."

치모페이치는 저택을 나가면서 모자를 푹 눌러쓰고 문 옆에 세워둔 마차를 타고 달리기 시작했다.

오딘초바 부인은 바로 그날 밤 자기 방에서 바자로프와 마주앉아 있었다. 아르카디는 넓은 방안을 왔다 갔다하면서 카샤의 피아노 연주를 듣고 있었다.

"어째서 당신은 이곳을 떠나려고 하는 거예요? 저와 약속도 하셨으면서."

바자로프는 놀랐다.

"약속이라니 무슨."

"잊으셨나요? 화학 강의를 해준다고 하셨잖아요."

"아무래도 안 되겠습니다. 아버지께서 기다리고 계십니다. 더 이상 시간 끌 수 없어요. 강의는 펠루즈와 프레미가 쓴 《화학개론》을 읽으시면 됩니다. 좋은 책이고 알기 쉽게 쓰여 있으니 그 책 속에 필요한 게 다 있을 겁니다."

"책 같은 것으로는 대신할 수 없다고 말했잖아요, 잊으셨나요?"

"어쩔 수 없습니다."

"왜 떠나시는 거예요."

오딘초바 부인이 목소리를 낮춰 물었다.

"왜 남아 있어야 합니까?"

바자로프가 이같이 대답하자 그녀는 머리를 약간 돌렸다.

"어째서 왜냐고 묻는 거죠. 즐겁지 않다는 건가요,

아니면 이곳에 당신과 정든 사람이 없다고 생각하시는 건가요?"

"저는 그렇다고 확신합니다."

오딘초바 부인은 잠시 잠자코 있었다.

"그렇게 말씀하셔도 나는 그 말을 믿지 않아요. 진심일 리 없어요."

바자로프는 꼼짝 않고 서 있었다.

"어째서 가만히 계시는 거예요?"

"무슨 할 말이 있겠습니까. 인간이 서로 헤어진다고 해서 서운한 감정을 가져야 할 가치는 전혀 없습니다. 하물며 나 같은 인간에게는 말입니다."

"어째서요?"

"나는 실리적이고 멋없는 인간입니다. 대화를 재미있게 이끌어갈 재간도 없고요."

"지나친 겸손이로군요."

"그런 건 할 줄 모릅니다. 생활의 품위, 당신이 매우 높이 평가하는 그런 면이 내게는 어울리지 않다는 걸 잘 아실 텐데요."

"좋을 대로 생각하세요. 하지만 당신이 간다면 따분

해질 거예요."

"아르카디가 남아 있는데도?"

바자로프가 말했다. 오딘초바 부인은 어깨를 살짝 움츠렸다.

"당신이 보고 싶어질 거예요."

그녀는 되뇌었다.

"정말입니까? 하지만 그리 오래 가지 않을 겁니다."

"무슨 근거로 그렇게 생각하시는 거죠."

"당신은 제게 질서가 깨졌을 때만 따분해진다고 말했습니다. 생활을 정확하게 설계하고 있으니 지루함이나 우울함, 어떤 혼란스러운 감정이 끼어들 여지가 없지요."

안나는 손수건 귀퉁이를 깨물었다. 그는 일어나 창을 열었다. 창문은 소리를 내면서 활짝 열렸다. 캄캄한 하늘과 살랑거리는 나뭇잎, 자유롭고 신선한 공기와 더불어 저녁이 방안으로 들어왔다.

두 사람의 대화는 계속되었다. 안나는 그에게 강한 애정을 느끼면서도 터놓지 못하는 것이 안타까웠다. 바자로프의 입에서 사랑한다는 말이 나오길 기다렸으나 그런 행운을 바라기는 힘든 일이었다. 그는 형식적인 면을 극단적으로 물리치는 사람이었다. 서로 마음이 맞으면 결합하는 것이지, 복잡한 기교나 애정표현이 필요한가. 한편 자신의 성품이 아름다운 귀부인에게 불쾌감을 주리라고 생각했다.

"지금까지 살아오는 동안 무척 많은 걸 경험을 했어요. 아버지의 죽음, 가난, 페테르부르크의 생활, 결혼, 넉넉한 살림 그리고 외국여행. 추억은 많지만 모두 시시한 것뿐이에요. 멀고 먼 길이 남아 있다 해도 목적은 없어요. 앞으로 나아가고 싶은 생각이 조금도 없어요."

"환멸을 느끼십니까?"

바자로프가 물었다.

"아니요. 단지 만족스럽지 못하다는 거예요. 무언가에 깊이 빠져봤으면 해요."

"당신은 사랑을 하고 싶은 겁니다. 하지만 할 수 없을 겁니다, 그래서 불행하지요."

부인은 외투 소매를 여기저기 들여다보았다.

"내가 사랑을 하지 못할 거라고요?"

"불행하다는 말은 부당하지만 당신의 욕심이 지나친

걸지도 모릅니다."

"그럴지도 모르죠. 난 전부를 얻지 못할 바에는 차라리 아무것도 원하지 않으니까요. 목숨에는 목숨을 거는 거예요. 만일 당신이 내 목숨을 빼앗는다면 당신은 당신의 목숨을 내주셔야 해요. 후회도 물러섬도 없죠. 그렇지 않으면 아무것도 하지 않는 편이 나아요."

"공평한 조건이군요. 하지만 제가 이상하게 여기는 건 어째서 지금까지 원하는 걸 발견하지 못했는가 하는 겁니다."

바자로프가 대꾸했다.

"그럼 당신은 무엇이든 몰입하는 일이 쉽다고 생각하시나요?"

"지나치게 깊이 생각하거나 기회가 오기만을 기다리거나 자기 자신에게 값을 매기거나, 말하자면 자존심을 너무 세우면 쉬운 일은 아니지요. 그러나 아무것도 개의치 않고 자신을 내맡기는 건 그렇게 어려운 일이 아닙니다."

"어떻게 자신을 존중하지 않을 수 있어요. 내가 아무 가치도 없다면 나를 내맡긴다고 한들 무슨 의미가 있겠어요."

"그건 뭐, 제 알 바 아닙니다. 자신의 가치를 정하는 건 다른 문제입니다. 중요한 건 자신을 바칠 수 있느냐는 겁니다."

오딘초바 부인은 안락의자에 기댔던 몸을 일으켰다.

"당신 말을 듣고 있으니 마치 그런 걸 다 경험하신 분 같군요!"

"아니요. 단지 말씀드리고 싶었을 뿐입니다. 아시다시피 제 전공은 아닙니다."

"당신이라면 자신을 선뜻 바칠 수 있어요?"

"그건 모르겠습니다. 자만하고 싶지 않으니까요."

한순간 두 사람은 침묵에 잠겼다. 응접실에서 피아노 소리가 들려왔다.

"부인께서 쉴 시간입니다. 안녕히 주무십시오."

인사를 하고 방을 나오면서 그는 상대가 아프다고 소리칠 만큼 그녀의 손을 꽉 쥐었다. 그녀가 곧 발작적으로 몸을 일으켜 문 쪽으로 다가갔을 때 하녀가 은쟁반에 목이 긴 유리병을 들고 방으로 들어왔다. 오딘초바 부인은 다시 안락의자에 앉아 생각에 잠겼다. 어깨

위에 그녀의 헝클어진 머리카락이 검은 뱀처럼 늘어져 있었다. 그녀의 방은 밤늦도록 램프가 켜져 있었다.

다음 날 오딘초바 부인이 차를 마시려고 나왔을 때 바자로프는 줄곧 고개를 숙이고 자기 찻잔만 들여다보다가 고개를 들어 그녀를 바라보았다. 그러자 그녀는 마치 그가 시키기라도 한 것처럼 그를 향해 고쳐 앉았는데, 하룻밤 사이 얼굴이 좀 창백해진 것 같았다.

오딘초바 부인의 방에서 어젯밤 이야기를 계속했다. 두 사람은 불타는 정열을 감출 길이 없었으나 겉으로는 오히려 태연했다.

"당신은 제 긴장감을 눈치채셨다는 겁니까?"

"그래요."

바자로프는 일어나서 창가 쪽으로 갔다.

"그럼 당신은 이 긴장감의 원인을 알고 싶으시겠군요. 제 안에서 무슨 변화가 일어나고 있는지 모르신다는 겁니까?"

오딘초바 부인은 자못 놀란 마음으로 되풀이했다.

"화내지 않으시겠습니까?"

"내지 않겠어요."

그는 등을 돌리고 섰다.

"그럼 말씀드리죠. 저는 어리석을 만큼 당신을 사랑하고 있습니다. 이것으로 당신은 목적 달성을 강요하시는군요."

부인이 두 손을 앞으로 내밀었지만 그는 유리창에 이마를 갖다대고 숨을 몰아쉬었다. 온몸을 부들부들 떠는 것 같았다. 그것은 젊은이의 수줍음에서 오는 전율도 아니고 첫 고백의 달콤한 공포가 그를 사로잡았기 때문도 아니었다. 그의 가슴 속에 정열이 몸부림치고 있었다. 강렬하고 육중한, 분노와 증오에 가까운 정열이었다. 오딘초바 부인은 두려우면서도 그를 가엾게 여겼다.

"바자로프!"

부인의 목소리는 무의식중 한결 다정해졌다. 그는 돌아서서 그녀를 뚫어질 듯 바라보더니 손을 잡아 자기 가슴으로 끌어당겼다. 부인은 그를 밀쳐내지 않았지만 조금 뒤 거리를 두고 한쪽 구석에서 그를 지켜보았다. 그는 그녀에게 달려들려고 했다.

"당신은 나를 잘못 아셨어요."

그녀는 놀란 음성으로 재빨리 말했다. 그가 한 발짝이라도 내디뎠다면 소리를 질렀을 것이다. 바자로프는 입술을 깨물고 밖으로 나갔다.

30분 후에 하녀가 안나 세르게예브나에게 바자로프의 쪽지를 건네주었다. "나는 오늘 떠나야 할까요, 그렇지 않으면 내일까지 남아 있어도 좋겠습니까?"라고 쓰여 있었다. 그녀는 답장을 썼다.

"어째서 떠나려는 거예요? 나는 당신을 이해하지 못했고 당신도 나를 이해하지 못했던 거예요."

자신 역시 스스로를 너무 몰랐다고 생각했다. 그녀는 점심때까지 모습을 드러내지 않고 줄곧 두 손을 뒤로 모으고 방안을 서성이다가 이따금 창가에서 밖을 내다보기도 하고 거울 앞에 서 있기도 했다. 손수건으로 목을 가볍게 닦았다. 뜨거운 키스 자국이 남아 있는 것 같은 생각이 들었던 것이다. 거울 속에 자신의 모습을 바라보았다. 뒤로 젖힌 머리, 반쯤 감긴 듯한 눈과 의미를 알 수 없는 미소를 짓고 있는 입술. 이 모든 것이 스스로도 놀랄 만한 무언가를 그녀에게 말해주고 있었다.

아니야, 그런 짓을 함부로 해서는 안 돼. 평온이 흔들린 것은 아니지만 왠지 울적해져서 까닭 없는 눈물까지 흘렸다. 모욕을 당했기 때문은 아니었다. 자신이 모욕당했다고 생각하지 않았다. 오히려 자신을 탓하고 있었다. 삶이 흘러가버린다는 데에 대한 의식, 막연한 감정, 흥미를 주는 것에 대한 욕구 등에 휩싸여 자신을 강제로 어느 선에 이르게 하고 그 선 너머를 엿보았지만 그곳에서 본 것은 심연이 아니라 공허, 형체가 없는 혼돈이었다.

4

이튿날 아르카디가 바자로프와 함께 돌아가겠다고 말했을 때 오딘초바 부인은 그다지 놀라는 기색을 보이지 않았다. 그녀는 긴장이 풀려 지친 듯했다. 카샤는 말없이 진지한 표정으로 그를 바라보았고 늙은 공작 따님은 숄 밑으로 가슴에 성호를 그었다. 그 자리에 있던 시트니코프는 몹시 당황했다. 두 친구가 그를 홀로 남겨두고 가버리려는 것이었다. 불행한 젊은이는 아르카디를 바라보며 이렇게 말했다.

"내 마차가 아주 편하니 당신을 태워드리죠. 그렇게 하면 예브게니 바실리예비치도 당신의 여행마차를 탈 수 있을 테고."

"아뇨, 그렇지 않습니다. 당신과는 길이 전혀 다르고 또 우리 집까지는 꽤 멀거든요."

아르카디는 어느새 그를 지나치게 깔보는 말투였다.

"그런 건 상관없습니다. 난 시간이 충분하고 게다가 그곳에 볼일이 있거든요."

"거절하면 시트니코프 씨에게 실례예요."

안나가 거들자 아르카디는 그녀를 흘긋 보고 의미심장하게 머리를 숙였다. 아침식사가 끝나자 손님들은 떠날 채비를 했다.

"또 만날 수 있겠지요?"

오딘초바 부인은 바자로프와 작별인사를 하며 이렇게 물었다.

"마음이 내키신다면."

"그럼 또 만나기로 해요."

아르카디는 시트니코프의 마차에 앞장서서 올라탔다. 그는 소리 내 울고 싶은 심정이었다. 여인숙 주인이 말을 매어주기를 기다리고 있다가 이윽고 여행마차로 다가가 여느 때처럼 미소 지으며 이렇게 말했다.

"예브게니, 나도 데려가주게. 자네 집에 들러 인사드리고 싶어졌네."

"타게."

바자로프는 입속말을 중얼거렸다. 두 사람이 올라타고 마차는 점점 멀어졌다. 아르카디는 나란히 앉아 바자로프의 손을 꼭 쥔 채 오랫동안 아무 말도 하지 않았다. 바자로프는 맞잡은 손의 의미와 침묵을 이해했다. 그는 간밤에 잠을 이루지 못했을 뿐 아니라 벌써 며칠 동안 담배도 일절 피우지 않고 거의 아무것도 먹지 못했다. 깊이 눌러쓴 학생모 아래 야윈 옆얼굴이 침울하면서도 날카로워 보였다.

"이봐, 아르카디. 담배 한 대만 주게나. 그리고 내 혀 좀 봐주게. 어떤가, 누렇지 않은가?"

"누렇군."

"그래. 담배도 맛이 없군……. 용수철이 풀린 거야."

"자네 요즘 정말 변했군."

아르카디가 대꾸했다.

"괜찮아, 좋아질 거야. 단 한 가지 곤란한 건 어머니가 쓸데없는 걱정을 너무 많이 하신다는 걸세. 하루에 열 끼 식사를 하고 배불뚝이가 되지 않으면 몹시 서운하게 생각하시는 분이지. 아버지는 안 그러셔. 세상 어디에도 살아보지 않은 곳이 없고 인생의 단맛, 쓴맛 다 맛보신 분이니까. 담배도 피울 수가 없군."

마을에 들어서 지주의 저택이 보이는 첫 번째 농가에서 모자를 쓴 농부 두 사람이 다투고 있었다. 그 모습을 본 바자로프가 말했다.

"저 모질지 못한 태도나 제법 애교 있는 말투로 보아 아버지의 소작인들은 그다지 학대받고 있지 않다는 걸 알 수 있을 걸세. 저기 좀 봐, 아버지가 현관 앞에 나와 계시네. 방울소리를 들으신 모양이야."

야위고 훤칠한 사내가 단추를 채우지 않은 낡은 군복을 입고 다리를 벌리고 서서 파이프를 빨고 있었다. 눈이 부신지 실눈을 떴다.

"드디어 돌아왔구나. 자, 어서 내려라. 한번 안아보자꾸나."

그는 아들을 품에 끌어안았다. 문이 활짝 열리고 흰

모자를 쓴 통통한 노부인이 나왔다. 그녀는 입을 벌리
고 잠시 비틀거렸는데 바자로프가 붙잡지 않았으면 그
자리에서 넘어질 뻔했다. 부인은 바자로프를 끌어안고
얼굴을 파묻었다. 이따금 흐느끼는 소리가 들렸다.

"아리나, 진정해요. 손님에게 실례가 되잖소."

"미안해요. 내가 못나서 그만."

노부인은 코를 풀고 눈물을 닦아냈다.

저택에는 여섯 개의 작은 방이 있었다. 바자로프의
아버지 바실리는 두 사람을 서재로 안내했다. 벽이란
벽은 온통 터키 총, 가죽 채찍, 긴 칼, 두 장의 지도, 해
부도, 후펠란트 초상화, 액자에 담긴 의사 면허증 같은
것들이 걸려 있었다.

"치모페이치, 자네는 우선 손님의 짐을 나르는 게 좋
겠군."

그가 서재에서 나가고 치모페이치가 짐을 질질 끌고
들어왔다. 곧 타냐가 들어와서 식사 준비가 다 되었다
고 전했다. 식사는 서둘러 준비된 것치고는 제법 훌륭
하고 푸짐했지만 술은 신통치 않았다. 치모페이치가 아
는 상인에게 사 온 새까만 셰리는 구리나 송진 같은 이

상한 냄새를 풍겼다. 파리도 귀찮게 달라붙었다. 바실리는 평소 같으면 어린 하인을 불러 나뭇가지로 쫓아냈겠지만 이번에는 젊은이들의 비난이 두려워 하인을 심부름 보냈던 것이다. 부인의 옷차림은 맵시 있었다. 비단 리본이 달린 높은 모자와 덩굴무늬가 새겨진 숄을 걸치고 있었다. 그녀는 아들을 보자 또 울음을 터뜨렸지만 타이를 정도는 아니었다. 숄에 얼룩이 생긴까봐 서둘러 눈물을 닦아냈기 때문이다.

침대에서 일어난 아르카디가 창문을 열어젖히자 품 넓은 잠옷을 입은 바실리가 야채밭을 일구고 있었다. 그는 아르카디를 발견하고 삽자루에 몸을 기대며 큰소리로 말했다.

"일찍 일어나셨군, 잘 주무셨소?"

"정말 잘 잤습니다."

"지금 난 자네가 보듯이 킨키나투스처럼 철 늦은 무를 심으려고 구덩이를 파고 있네. 지금은 그런 시대가 되었으니 정말 고마운 일이야, 누구나 다른 사람에게 기대지 않고 노력해서 자기 손으로 먹고 살지 않으면

안 되네. 자네가 삼십 분 전에 일어났더라면 나의 전혀 다른 모습을 볼 수 있었을 텐데 말이야. 늙은 아낙네가 배가 아프다고 찾아왔었지, 이질이었는데 주사를 한 대 놓아주었네. 또 한 여인의 이를 빼주었어. 마취약을 쓰자고 권했지만 여간해서 말을 듣지 않더군. 이런 일로는 돈을 받지 않는다네, 비전문가로서 말일세. 나는 평민이고 자수성가한 사람으로 아내처럼 유서 깊은 가문의 출신은 못되니까……. 그런데 자네, 밖으로 나와 그늘에서 차가 준비될 때까지 신선한 아침 공기를 마시는 건 어떤가."

아르카디는 밖으로 나갔다.

"다시 한 번 말하지만 정말 잘 와줬네. 자네에게 한 가지 궁금한 게 있는데, 우리 예브게니와 오래전부터 아는 사이였나?"

"지난겨울부터입니다."

"잠깐 앉겠나? 아비로서 솔직하게 묻겠는데, 내 아들에 대해 어떻게 생각하나."

"아드님은 제가 이제껏 만난 사람들 가운데 가장 뛰어난 사람 중 하나입니다."

아르카디는 활기 있게 대답했다.

바실리는 눈을 크게 뜨더니 볼을 약간 붉혔다. 삽이 그의 손에서 미끄러졌다.

"자네는 그렇게 생각한다는 말이지……."

"확신하고 있습니다."

아르카디가 말을 받았다.

"아드님의 눈앞에는 위대한 미래가 기다리고 있습니다. 이제 곧 아버님의 이름을 빛낼 겁니다. 바자로프를 처음 만났을 때부터 확신했습니다."

"어떻게 말인가, 어떻게 그럴 수 있지?"

바실리는 가까스로 이렇게 물었다. 환희에 찬 미소가 그의 벌어진 입술에서 떠날 줄 몰랐다.

"바자로프를 처음 만났을 때의 상황을 알고 싶다는 말씀이시죠?"

아르카디는 오딘초바 부인과 마주르카를 추었던 그날 밤보다 더 신이 나서 열심히 바자로프에 대해 이야기하기 시작했다. 바실리는 그의 이야기를 귀담아들으며 코를 풀기도 하고 손수건을 돌돌 말거나 기침을 하는가 하면 머리를 쥐어뜯기도 했다. 그리고 마침내 한

껏 들며 아르카디에게 몸을 굽히고 어깨에 입을 맞추었다.

"자네는 나를 아주 기쁘게 해주었네. 말해두지만 우리는 자식 녀석을 하느님처럼 떠받들고 있네. 그렇지만 그 애 앞에서는 내 기분을 말할 수 없지. 그 애가 좋아하지 않기 때문이야. 무엇이고 털어놓는 걸 무척 싫어하거든."

"마님께서 차를 들러 오시라는데요."

빨갛게 익은 딸기가 수북이 담긴 큰 접시를 손에 들고 지나가던 하인이 말했다. 바실리는 깜짝 놀라 몸을 떨었다.

"그래, 딸기에는 시원한 크림이 있어야 하는데."

"있습니다."

"체면 차리지 말고 많이 들어요, 아르카디 니콜라예비치. 예브게니가 오지 않는데 어찌된 영문일까."

"저 여기 있어요."

방안에서 바자로프의 목소리가 들려왔다. 바실리는 황급히 돌아보며 말했다.

"너와 해야 할 이야기가 좀 있는데."

부자는 창을 사이에 두고 황달 환자의 처방에 대해 이야기하다가 다음으로 미루고 차를 마시러 가기로 했다. 바실리는 벤치에서 벌떡 일어나 오페라 〈악마 로베르〉의 한 구절을 읊기 시작했다. 방 안쪽으로 물러나면서 바자로프가 말했다.

"기운이 대단하시군!"

태양은 엷은 구름을 뚫고 눈부시게 내리쬐었다. 모든 것이 침묵에 잠겨 있었다. 재잘대는 새소리가 듣는 사람을 졸음으로 이끌고 나무꼭대기에서 끊임없이 지저귀는 어린 매의 울음이 공중에 울렸다.

아르카디와 바자로프는 바스락 소리가 나는 건조되긴 했어도 아직 푸른 빛깔이 남아 있는 풀을 두 아름쯤 밑에 깔고 마른 풀더미 그림자에 누워 있었다.

"인간은 참 이상한 동물이야, 이곳에서 아버지가 보내는 무미건조한 생활을 멀리 떨어져서 바라보고 있노라면 이보다 더 좋은 것이 없는 것처럼 느껴지거든. 먹고 마시면서 가장 옳고 분별 있게 행동하고 있다고 믿고 계시니 말이야. 하지만 사실은 그렇지가 않아, 권태에 짓눌려 있는 거지. 그래서 인간은 교류하고 싶어하는 거라네. 비록 서로 헐뜯을지라도 관계 맺고 싶어하는 거야."

"그 순간순간이 의미를 갖도록 생활하지 않으면 안 되지."

아르카디가 생각에 잠긴 표정으로 말했다. 바자로프는 다만 어깨를 움츠렸다.

"이젠 싫증이 나는데!"

이튿날 바자로프가 아르카디에게 한 말이었다.

"나는 내일 이곳을 떠나겠네, 지루해서 말이야. 일을 하고 싶어도 이곳에서는 할 수가 없어. 다시 자네 마을로 가겠네. 내 실험 재료들을 모두 두고 왔으니까. 적어도 자네 집이라면 틀어박혀 있을 수 있을 거야. 아버지께서는 내 서재를 마음대로 써라, 아무도 너를 방해하지 않을 테니 되풀이하시면서도 실은 내 곁을 떠나려고 하지 않으시거든. 양심상 틀어박혀 있을 수도 없고 어머니도 마찬가지네. 문 밖에서 한숨 쉬시는 소리를 들으면 나는 곧 어머니 곁으로 가지만 사실 할 말이 아무엇도 없다네."

"어머님께서 퍽 서운해 하실 텐데, 그야 아버님도 마찬가지겠지만."

아르카디가 말했다.

"다시 돌아올 텐데 뭘."

"언제?"

"글쎄, 페테르부르크로 갈 때쯤이겠지"

바자로프는 신경 쓸 것 없다고 말했지만 자기 생각을 아버지에게 말씀드리기로 결심하기까지 꼬박 하루가 걸렸다. 서재에 있는 아버지에게 이제 그만 쉬시라고 권하고 기지개 켜는 시늉을 하면서 말했다.

"참, 하마터면 잊을 뻔했군요. 하인에게 내일 말을 준비하라고 일러주지 않으시겠어요?"

바실리는 아르카디가 떠나느냐고 물었으나 바자로프는 자신도 함께 떠날 거라는 사실을 밝혔다. 그의 아버지는 더듬으며 입을 열었다.

"역마를 준비시켜달라고? 좋다. 하지만 왜 떠나겠다는 거냐."

"그 친구 집에 잠깐 다녀와야겠어요. 하지만 곧 돌아

올 겁니다."

"그래도 사흘이라니 너무 짧구나. 꼭 가야 한단 말이지……. 할 수 없지, 말을 준비해놓아야겠구나. 나는 물론이고 아리나도 이렇게 될 줄은 생각도 못했을 거다. 네 어머니는 이웃에게 부탁해서 꽃을 얻어다 네 방을 꾸미려고 생각하고 있었단다. 중요한 건 자유지, 이게 내 대답이다. 속박해서는 안 되는 거지."

그는 갑자기 입을 다물고 문 쪽으로 향했다. 매일 아침 날이 새기 무섭게 맨발에 덧신을 신고 나가 떨리는 손으로 찢어진 지폐를 한 장 한 장 넘겨주며 치모페이치에게 장 봐올 물건들을 상의해 부탁하고 그 중에서도 여러 가지 식료품과 젊은 두 친구가 좋아할 만한 적포도주를 구하는 데 온힘을 기울인 터였지만, 그런 일에 대해서는 조금도 언급하지 않았다.

"곧 다시 만날 거예요, 아버지. 정말요."

바실리는 돌아보지 않고 다만 손을 내저었을 뿐이었다. 그가 침실로 돌아왔을 때 아내는 잠들어 있었다. 그는 아내가 가엾게 여겨졌다. 어떤 슬픔이 그녀를 기다리고 있는지 잠자리에 들기 전에 말하고 싶지 않았던 것이다.

아침부터 온 집안은 시름에 잠겼다. 바실리는 여느 때보다 조바심을 내고 있었다. 겉으로는 힘을 내서 큰 소리로 지껄이고 발소리를 내며 걸어 다녔지만 얼굴은 바싹 야위고 시선은 줄곧 아들에게서 떠나지 않았다. 아내는 조용히 울고 있었다. 그날 이른 아침 남편이 두 시간 동안 줄곧 타이르지 않았다면 분명 체면 불구하고 소란을 피웠을 것이다. 바자로프는 한 달 안에 반드시 돌아오겠다고 거듭 약속한 뒤에야 마차에 오를 수 있었다.

마차가 떠나고 먼지도 가라앉았다. 마치 그들의 모습처럼 낡고 쪼그라든 집안에 노부부만 남았다. 몇 분 전까지 현관에서 힘차게 손수건을 흔들던 바실리는 의자에 몸을 깊숙이 파묻고 머리를 푹 숙였다.

"우리를 버리고 간 거야. 그 애는 우리와 함께 있는 게 지루한 거야. 난 이제 외톨이가 됐어, 이 손가락처럼 외톨이가 돼버렸다고!"

그는 몇 번이고 되풀이하면서 집게손가락을 세워서 내밀었다. 그러자 아리나가 그의 곁으로 가서 자신의 백발을 남편의 어깨에 쏟으며 말했다.

"할 수 없는 노릇이에요. 자식은 썰린 빵 조각 같은 거잖아요. 마치 매 같아서 오고 싶으면 날아오고 가고 싶으면 날아가버리는 거예요. 당신이나 나는 나무구멍에서 자란 버섯처럼 나란히 앉아 꼼짝도 않지요. 다만 나는 당신을 위해 언제까지나 변함없이 남아 있을 거고 당신도 나를 위해 그렇게 할 거예요."

바실리는 얼굴을 덮은 두 손을 치우고 평생의 친구인 아내를 껴안았다. 젊었을 때도 그래본 적 없을 만큼 힘찬 포옹이었다. 아리나는 바실리의 슬픔을 위로해주었다.

두 사람은 어쩌다 몇 마디 나눌 뿐 가는 내내 입을 다물었다. 바자로프는 스스로 흡족하지 않았고 아르카디도 그에게 불만을 느끼고 있었다. 게다가 그들은 젊은이들만 이해할 수 있는 까닭 모를 슬픔을 느끼고 있었다.

마부가 말을 바꿔 매고 자리에 앉으면서 오른쪽 길과 왼쪽 길 가운데 어느 쪽으로 가야 하는지 물었다.

아르카디는 몸을 떨었다. 오른쪽은 시내를 통해 집으로 돌아갈 수 있고 왼쪽은 오딘초바 부인의 집에 닿아 있었다.

"예브게니, 왼쪽으로 가겠나?"

바자로프는 무슨 바보 같은 소리냐고 투덜거리면서 외면해버렸다.

"바보 같은 짓이라는 건 알고 있네. 하지만 곤란할 것 없지 않은가, 처음은 아니잖나."

바자로프는 학생모를 푹 눌러썼다.

"좋을 대로."

이윽고 마차는 왼쪽 길로 달리기 시작했다. 바보 같은 짓을 하기로 한 두 친구는 전보다 입을 더 꽉 다문 채 마치 화가 난 것처럼 보였다.

오딘초바 부인 댁 현관에서 하인의 마중을 받으면서 두 친구는 자신들이 순간적인 기분에 넘어가 분별없는 짓을 했다는 사실을 곧 알아차렸다.

두 사람은 한참이나 멍청한 얼굴로 응접실에 앉아 있었다. 마침내 오딘초바 부인이 그들 앞에 나타났다. 여느 때처럼 상냥하기는 했지만 두 사람이 이토록 빨리 돌아온 데에 놀란 듯했으며, 어딘지 내키지 않는 듯한 몸짓이나 분위기로 보아 그들의 방문이 달갑지만은 않은 것 같았다.

아르카디는 다만 집으로 돌아가는 길에 들른 것뿐이라며 조금 뒤에 떠나야 한다고 말했다. 그녀는 가볍게 감탄하는데 그쳤으며 아버님께 안부를 전해달라고 말했다. 카샤는 울적하다며 방에서 나오지 않았다. 아르카디는 문득 카샤를 만나고 싶다는 생각이 들었다.

이런저런 뜬소문을 주고받는 사이 네 시간이 흘렀다. 오딘초바 부인은 굳은 표정으로 귀를 기울이고 대꾸했으나 막상 헤어질 무렵이 되자 전에 나누던 우정이 그녀의 마음속에 되살아난 것 같았다.

"요즘 우울증에 걸려 있어요. 하지만 마음 쓰지 말고 또 와주세요. 언젠가 두 분께 말씀드리겠지만……."

두 사람은 대답 대신 잠자코 고개를 숙이고 마차에 올랐다. 돌아가는 내내 어느 쪽도 오딘초바 부인에 대해서 입을 열지 않았다. 바자로프는 긴장한 표정으로 건너편을 바라볼 뿐이었다.

마리노 마을에서는 모두가 그들을 반겨주었다. 파벨도 이유 없이 흥분해서 돌아온 방랑자들의 손을 잡고 흔들며 너그럽게 웃었다.

마리노 마을에서는 농장 일로 날마다 분쟁이 일어나고 있었다. 니콜라이 페트로비치는 비참한 꼴을 당하고 있었다. 고용인들은 임금 청산이나 증액을 요구하는가 하면 착수금을 받아 자취를 감추기두 했다. 말은 병들고 마구간은 곧잘 망가졌으며 일은 제멋대로 흘러갔다. 토지 관리인도 게을러져서 편한 벌이를 하는 러시아인처럼 살이 찌기 시작했다.

식사는 자정이 넘도록 계속되었다. 니콜라이는 얼마 전 모스크바에서 사들인 영국산 흑맥주를 얼굴이 빨개지도록 마셨다. 그는 신경질적으로 어린애처럼 웃었다.

"이젠 지쳤어!"

"침착해라, 침착해야 해."

파벨이 콧수염을 만지며 대수롭지 않게 대꾸했다. 아르카디는 큰 도움은 될 수 없더라도 언제든 아버지를 도울 마음이 있다는 태도를 취하는 것이 자신의 의무라고 생각했다. 그는 아버지의 말에 참을성 있게 귀 기울이며 한 번은 조언하기도 했는데, 자기주장을 강요한 다기보다 아버지를 북돋아주려는 것이었다. 바자로프 는 이런 시시한 마찰로부터 멀리 떨어져 있었다. 그로 서는 참견할 수도 없었던 것이다.

하루는 이야기를 나누던 중 아주 오래전 오딘초바 부인의 어머니가 자신의 어머니에게 쓴 꽤 흥미로운 편 지를 아버지가 가지고 있다는 사실을 알게 되었다. 아 르카디는 그 편지를 손에 넣을 때까지 곁에서 떠나려 고 하지 않았으므로 아버지는 삼십여 개나 되는 상자 와 트렁크를 뒤져 그것을 찾아야 했다. 반쯤 곰팡이가 난 그 작은 종잇조각을 손에 넣은 아르카디는 자신이 앞으로 나아갈 목표를 눈앞에 두고 있는 것처럼 마음 이 놓였다.

마을로 돌아온 지 열흘도 안 돼 주일학교 운영을 연 구한다는 구실로 마차를 몰고 시내로 나온 아르카디는 오딘초바 부인의 저택으로 향했다. 조바심으로 숨이 막 혔다. 중요한 건 아무것도 생각하지 않는 것이다, 그는 자기 자신을 거듭 타일렀다. 작은 다리를 지나자 곧 벌 목한 단풍나무 길이 펼쳐졌다. 짙은 초록과 대조되는 장밋빛 형체가 언뜻 보이더니 산뜻한 얼굴이 양산의 술 장식 밑으로 이쪽을 내다보았다. 카샤였다. 그녀 역시 그를 알아보았다. 아르카디는 말을 멈추고 마차에서 뛰어내렸다.

"어머나, 당신이군요!"

카샤는 얼굴을 살짝 붉혔다.

"언니한테 가보세요. 당신을 보면 기뻐하실 거예요."

그녀는 아르키디를 뜰로 데려갔다. 그는 카샤를 만난 것이 행운의 전조라고 생각했다. 샛길 모퉁이에서 오던 초바 부인이 모습을 드러냈다. 등을 돌리고 서 있었는데 발소리가 나자 가만히 뒤돌아보았다. 아르카디는 지난번의 기억이 떠올라 가슴이 뛰기 시작했지만 그녀의 첫마디에 이내 안심했다.

"잘 왔어요, 도망자님."

그녀는 햇빛 때문에 실눈을 뜬 채 부드럽고 상냥한 목소리로 말하고 미소 지으며 그를 맞아주었다.

"이분을 어디에서 만났니, 카샤?"

"안나, 당신에게 주려고 상상조차 할 수 없는 뜻밖의 물건을 가지고 왔어요."

"당신은 당신을 데려 오셨잖아요. 그게 무엇보다 좋아요."

5

바자로프는 빈정거리는 투로 아르카디를 배웅하고 그가 떠나는 구실에 절대 속지 않으리라는 것을 암시하고 고독에 완전히 처박혔다.

그는 갑자기 열병에 걸린 것처럼 연구에 몰두했다. 더 이상 파벨 페트로비치와 말다툼하지 않았다. 니콜라이는 자신의 형보다 바자로프를 더 자주 찾았다. 방해가 되지 않는다면 농업 경영의 일을 두고 자기 말대로 날마다 공부하기 위해 그를 찾아왔을 것이다. 그는 젊은 연구자를 곤란하게 하는 일은 없었다. 방 한쪽 구석에 앉아 양해를 구하고 어쩌다 한 번 조심스럽게 질문하고 주의 깊게 들을 뿐이었다.

어느 날 밤 파벨은 심한 발작을 일으켰다. 새벽까지 신음했지만 결코 바자로프의 도움에 의지하려 하지 않았다.

"왜 저를 부르지 않으셨습니까?"

이튿날 바자로프가 묻자 여전히 조금 핼쑥한 얼굴로 그러나 어느새 머리를 단정하게 빗고 수염도 말끔히 깎은 모습으로 "자네도 의학을 믿지 않는다고 말한 적이 있지 않은가?" 하고 대답했다.

하루하루가 지났다. 바자로프는 침울한 얼굴로 날마다 연구에 몰두했다. 그러는 동안 전부는 아니더라도 그의 심중을 기꺼이 들어주는 대화상대가 생겼다 페니치카였다. 그가 그녀의 방에 들르는 일은 없었다. 두 사람은 대개 이른 아침 정원이나 뒤뜰에서 만났다. 페니치카는 니콜라이와 있을 때보다 한층 더 자유롭고 마음이 놓이는 것처럼 보였다. 이유를 꼬집어 말하기는 어렵지만 그에게 자신이 끌리기도 두려워하기도 하는 귀족적인 면이 없다는 것을 무의식중 느꼈기 때문인지도 모른다. 그녀는 거리낌이 없었다. 페니치카는 바자로프를 좋아했고 그 역시 그랬다. 바자로프는 그녀와 이야기할 때 평소와 표정이 달랐다. 밝고 선량한 얼굴로 여느 때처럼 태연하고 장난기가 배어 있었다.

페니치카는 날이 갈수록 아름다워졌다. 여름 장미처럼 꽃을 피우고 찬란한 시기를 맞은 것이다. 주변의 모든 것이 그녀의 아름다움을 북돋았으며 그 무렵 이어지던 7월의 더위마저 한몫하듯 얇고 흰 옷을 입으면 한층 가뿐해 보였다.

바자로프는 어느 날 아침 산책을 하고 돌아오던 길에 철이 지났지만 여전히 파랗고 무성한 라일락 정원에 앉아 있는 페니치카를 발견했다. 그녀는 흰 수건을 머리에 쓰고 벤치에 걸터앉아 있었다. 옆에는 꽃다발이 놓여 있었다. 바자로프는 아침인사를 건넸다.

"여기서 뭐 하고 계십니까?"

그는 그녀의 옆에 앉으면서 "꽃다발을 만들고 계시군요" 하고 말을 이었다.

"아침식사 테이블에 놓을까 해서요, 니콜라이가 좋아하는 꽃이거든요."

"아침식사 때까지는 아직 시간이 충분합니다. 꽃이 정말 많군요."

"지금 막 꺾기 시작했어요. 조금 있으면 더워져서 밖에 나올 수 없을 거예요. 그래도 지금은 숨을 쉴 수 있으니까요. 더위에 지쳐서 그만 병이 나지 않을까 걱정이에요."

"무슨 그런 말씀을 하십니까. 맥을 짚어볼까요?"

바자로프는 정상적으로 뛰는 그녀의 맥을 찾았지만 세어보려고 하지는 않았다. 손을 놓으면서 "백 년쯤은 사시겠습니다" 하고 말했다.

"백 년이라뇨!"

두 사람 사이에 다정한 이야기가 오고 갔다. 페니치카는 바자로프 손에 들려 있는 책을 보고 물었다.

"그선 무슨 책인가요?"

"학술서적입니다. 매우 복잡한 책이죠."

"당신은 공부만 하는군요. 지루하지 않으세요?"

묵직하게 제본된 책을 두 손으로 받아들면서 페니치카가 물었다.

"무척 두껍군요!"

"러시아어로 된 책입니다."

"그래도 전 하나도 모를 거예요."

"저도 당신이 이해하기를 바라고 드린 건 아닙니다. 단지 당신이 어떤 모습으로 읽는지 보고 싶었을 뿐이에요. 책을 읽는 동안 당신 코끝이 아주 예쁘게 움직이니까요."

페니치카는 마침 펼쳐진 크레오소트에 관한 부분을 읽다가 웃음을 터뜨리며 책을 던지고 말았다. 책이 바닥에 굴러 떨어졌다.

"당신은 웃을 때도 보기 좋습니다."

바자로프가 말했다.

"그만하세요!"

"당신은 말할 때도 보기 좋습니다. 시냇물이 졸졸 흐르는 것 같아요."

"당신은 참 이상한 사람이군요."

페니치카는 꽃잎을 만지작거리며 말했다.

"제가 떠드는 소리는 들어서 뭐하세요. 당신은 꽤 현명한 귀부인들과 대화를 나누고 계시잖아요."

"아, 제 말을 믿어주세요. 온 세상 귀부인을 전부 데려와도 당신 팔꿈치만큼의 값어치도 안 될 겁니다."

"또 그런 엉뚱한 말을 하시는군요."

바자로프는 바닥에서 책을 주워들었다.

"뭐라고 감사드려야 할지 모르겠지만, 당신이 그 물약을 주신 뒤로는 아이가 무척 잘 자요."

"대가를 지불받아야겠는데요."

그가 엷은 미소를 띠며 말했다.

"아시다시피 의사는 욕심이 많은 사람들이니까요."

페니치카는 그의 말이 농담인지 진담인지 알 수 없었다.

"제가 돈을 바라고 있다고 생각하십니까."

"그럼 무얼……."

"무엇인지 맞혀보십시오."

"저는 수수께끼를 못 풀어요!"

"저는 이것을 바랍니다, 이 장미 한 송이를."

페니치카는 바자로프의 소원이 재미있어 웃음을 터뜨렸다. 그녀는 웃고 나서 기분이 좋아졌다.

"붉은 것, 흰 것 중에 어느 것이 좋을까요."

페니치카는 엎드려서 장미를 고르기 시작했다.

"붉고 너무 크지 않은 것으로 부탁합니다."

그녀는 허리를 똑바로 펴고 말했다.

"자, 받으세요."

그러더니 내밀었던 손을 도로 움츠리고 긴장된 표정으로 입술을 깨물었다. 페니치카는 정자가 있는 쪽을 흘긋 보고 가만히 귀를 기울였다.

"왜 그러십니까, 니콜라이 페트로비치 씨입니까?"

"아니요. 그분은 밭에 나가셨는데 파벨 페트로비치가 저기에서 걷고 있는 것 같았어요……. 아니, 지금은 아무도 없어요."

페니치카는 바자로프에게 장미를 건넸다. 그녀는 목을 빼고 꽃을 얼굴 가까이 댔다. 머릿수건이 풀어지면서 어깨로 흘러내리자, 헝클어지기는 했지만 윤기 흐르는 검고 부드러운 머리카락이 드러났다.

"저도 당신과 함께 맡고 싶군요."

바자로프는 이렇게 말하고 몸을 굽혀 그녀에게 입을 맞췄다. 그녀는 몸을 떨며 두 손으로 그의 가슴을 밀어냈으나 밀어내는 힘이 약해 다시 한 번 입을 맞췄다. 그때 라일락 그늘 아래에서 기침소리가 들려왔다. 페니치카는 황급히 벤치 끝으로 옮겨 앉았다.

파벨 페트로비치가 모습을 드러내더니 가볍게 인사를 건네고 싸늘한 말투로 "여기 있었군" 하고 저쪽으로 가버렸다. 페니치카는 서두르며 장미꽃을 전부 모아들고 정원을 벗어나면서 "당신 정말 나쁜 사람이군요, 예브게니 바실리예비치"라고 말했는데 그 속삭임에는 진심에서 우러나오는 비난이 섞여 있었다.

바자로프는 방금 전 자신이 저지른 일을 생각하고
부끄러움과 자책이 마음을 뒤흔들어 괴로웠다. 그러나
자신을 책망하고 경멸하고 싶을 만큼 화가 치미는 한
편 냉소적인 태도로 자신을 자랑스러워하면서 방으로
돌아왔다. 두 시간쯤 지나 파벨이 바자로프의 방문을
두드렸다.

"자네 공부를 방해해서 미안하네."

그는 창가 쪽 의자에 앉으면서 상아로 된 손잡이가
달린 지팡이에 두 손을 얹고 입을 열었다.

"오 분만 할애해주게, 기껏해야 오 분일세."

"좋을 대로 하시죠."

파벨이 방문을 열고 들어설 때부터 바자로프의 얼굴
은 경련을 일으켰다.

"한 가지 물어보고 싶은 게 있어서 말이야. 자네가
이 집에 처음 왔을 때 그리고 지금까지, 나는 자네와
이야기하는 걸 기쁘게 여겼네. 그렇지만 결투는 한 번
도 언급한 적 없었던 것 같군. 자네 생각은 어떤가?"

바자로프는 파벨을 맞으려고 일어섰다가 팔짱을 끼

고 책상 모서리에 걸터앉았다.

"제 생각에 결투는 어리석은 짓입니다. 실행해야 한다면 그 역시 다시 생각해볼 문제죠."

"자네 견해와 상관없이 모욕을 당했을 땐 배상받지 않을 수 없다는 말로 들리는군 그래."

"그렇습니다."

"잘됐군, 자네가 나를 명확하게 해줬어. 나는 자네와 결투하기로 결심했네."

바자로프의 눈이 휘둥그레졌다.

"대체 뭣 때문입니까, 엉뚱하게."

"그 이유는 얼마든지 설명할 수 있네만 잠자코 있는 편이 낫겠지. 내 생각에 자네는 이 집에 없어도 될 사람이네. 난 자네를 용서할 수가 없어, 경멸해! 이것으로 충분하지 않다면……."

파벨 페트로비치의 눈이 반짝였다. 바자로프의 눈도 타오르기 시작했다.

"좋습니다. 더 이상의 설명은 필요 없습니다. 저를 빌미로 당신의 기사도 정신을 시험해보려고 하시는 모양이군요. 거절할 수도 있지만 어떻게 되든 상관 안 하겠습니다."

"자네에게 한 가지 제안을 해도 되겠지? 결투는 내일 아침 여섯 시, 숲에서 권총을 겨누기로 하세. 거리는 열 발자국."

"좋습니다. 그렇게 하지요. 그 정도 거리면 우린 서로를 충분히 미워할 수 있을 테니까요."

"여덟 발자국도 좋네."

"상관없습니다."

"사격은 두 발일세, 만일을 대비해 편지를 주머니에 넣어두도록 하지. 자기가 죽은 책임은 자신에게 있다고 말일세."

바자로프는 피오트르를 증인으로 둘 것을 제안하고 권총은 파벨에게 빌리기로 했다. 살인 혐의를 벗겨줄 수단으로 그를 이용하는 것이 불만스러웠지만 더 이상 불평하지 않았다. 파벨을 배웅하고 현미경이 놓인 책상 앞으로 돌아왔으나 마음이 진정되지 않았다. 관찰하는 데 없어서는 안 되는 침착성을 잃고 말았다. 오늘 아침 정원에서 페니치카와 입맞춘 장면을 떠올렸다. 그걸 본 것이 틀림없군. 바자로프는 파벨이 페니치카에게 지나치게 관심이 많다고 생각했다.

"어쩌다 이리 딱한 처지가 됐을까, 정말 더럽게 됐군…… 무엇보다 탄알에 이마가 뚫려야만 하다니. 이곳을 떠나야만 해, 아르카디와 호인 니콜라이의 이름을 더럽히게 됐군."

하루는 꾸물거리며 조용히 저물었다. 페니치카는 방에 처박혀 나오지 않았다. 니콜라이는 걱정스러운 얼굴이었다. 기대를 걸고 있던 밀밭이 깜부깃병에 걸렸다는 소식을 전해 들었기 때문이다.

바자로프는 방에서 아버지에게 편지를 쓰다 말고 찢어서 책상 아래 내던져버렸다. 내가 죽는다면…… 결국 알게 될 것이다. 나는 죽지 않는다. 아니, 나는 이제부터 오래오래 살 것이다. 그는 피오트르에게 중요한 용무가 있으니 내일 새벽 자신에게 들러줄 것을 부탁하고 밤새 어수선한 꿈에 시달렸다.

비로소 다음날 아침 숲에서 피오트르에게 어떤 일을 맡아주어야 하는지 털어놓았다. 이 교양 있는 하인은 놀라서 기절할 지경이었다. 바자로프는 멀찌감치 서서 지켜보는 일 외에 달리 할 일은 없으며 그에게 아무런 책임이 없다는 것을 확인시키고 다독였다.

"그렇지만 얼마나 중요한 역할인지 잊지 않는 게 좋을 거야."

피오트르는 눈을 내리깔고 흙빛이 되어 자작나무에 기대섰다. 바자로프는 풀을 뽑아 씹고 있었는데 속으로 어쩌다 이런 바보 같은 짓을 하게 되었는지 뇌까렸다. 그는 아침의 찬 공기에 오들오들 떨었다. 피오트르가 근심스러운 표정으로 흘긋거렸으나 입가에 엷은 미소를 지을 뿐 겁을 먹고 있지는 않았다. 길가에서 말발굽 소리가 들려왔다.

바자로프는 고개를 들어 파벨 페트로비치를 봤다. 그는 얇은 윗옷에 눈처럼 흰 바지를 입고 빠른 걸음으로 다가오고 있었다. 파벨은 가져온 녹색 상자 안에서 권총을 꺼내 탄알을 장전하고 바자로프는 거리를 쟀다.

"준비는 다 됐는가?"

"다 됐습니다.

"그럼 결판을 내세."

바자로프는 경계선에서 서서히 앞으로 걸어나갔다. 파벨은 왼손을 주머니에 찔러 넣고 총구를 천천히 들어 올려 바자로프를 겨누었다. 저 작자는 내 코를 겨냥하고 있군 그래, 바자로프가 이렇게 생각하는 사이 뭔가 한 쪽 귀를 스치고 지나갔다. 총소리가 들리고 아무 일도 일어나지 않았다는 생각이 스치는 순간 그는 한 걸음을 내디뎌 조준도 하지 않고 방아쇠를 당겼다. 그러자 파벨 페트로비치는 몸을 떨며 한쪽 넓적다리를 꽉 잡았다. 피가 흰 바지를 물들였다. 바자로프는 권총을 집어던지고 그에게 다가갔다.

"다치셨어요?"

"이만한 것쯤은 아무렇지도 않네. 약속대로라면 각자 한 발씩을 더 쏠 수 있지 않은가."

"미안하지만, 그건 다음으로 미룹시다."

바자로프는 창백한 파벨을 끌어안으며 말했다.

"이제부터 나는 당신의 적수가 아닌 의사입니다. 우선 상처를 봐야겠습니다. 피오트르! 이리 와, 어디 숨어 있는 거야?"

"이까짓 상처는 하찮은 걸세. 나는 누구의 도움도 필요하지 않아. 그리고 한 번 더 해야지……."

파벨 페트로비치는 콧수염을 잡아당기려고 했지만

손에 힘이 풀리고 현기증이 나서 그만 정신을 잃고 말았다. 바자로프는 그를 풀밭에 눕히고 상처 주변을 손으로 만지면서 중얼거렸다.

"뼈는 괜찮은데, 탄알도 깊이 박히지 않았어. 대퇴근을 스쳤군. 삼 주가 지나면 춤도 출 수 있겠어. 기절을 하다니 아아, 정말 지나치게 예민한 인간이로군. 어쩌면 피부가 이리도 얇을까"

"돌아가셨습니까?"

등 뒤에서 피오트르가 떨리는 목소리로 속삭였다.

"물 좀 가져오게. 이분은 나나 자네보다 더 오래 사실 거야."

"필요 없네. 일시적인 현기증일 뿐이야. 일어나 앉을 수 있게 손 좀 잡아주게. 약간 긁힌 상처쯤은 묶어 매면 그만이야. 걸어갈 수 있네. 아니면 마차를 좀 불러주던가. 결투는 자네가 원하지 않는다면 그만두지. 자네의 태도는 훌륭했네. 오늘만큼은 말일세…… 오늘만 그렇단 말이야, 알겠나."

"지난 일은 생각하실 것 없습니다. 미래에 대해서도 염려하실 필요 없고요. 저는 곧 이곳을 떠날 생각이니까요."

바자로프는 붕대를 감고 기절한 피오트르의 멱살을 잡아 흔들어 마차를 몰고 오도록 보냈다.

"아우가 놀라지 않게 주의하게. 사실대로 알려서는 안 돼."

그러나 파벨은 여전히 화해하고 싶지 않았다. 자신의 패배와 이런 일을 벌인 것이 부끄럽게 생각되었다. 게다가 스스로도 이보다 더 좋은 결말은 없을 거라고 느꼈던 것이다. 무거운 침묵이 계속되었다. 두 사람은 서로 의식하고 있었다. 이야기를 나눌 수도 헤어질 수도 없는 처치에 실로 불쾌해지려던 찰나 바자로프가 입을 열었다.

"다리를 너무 단단히 졸라맨 것 아닐까요?"

"아니, 괜찮네."

파벨은 대답하고 나서 이렇게 덧붙였다.

"아우를 속일 수는 없네. 정치문제로 말다툼을 했다고 둘러대야 할 걸세."

"제가 모든 영국 숭배자들을 철저히 조소했다고 말씀하셔도 좋습니다."

집안은 한바탕 소동이 일어났다. 두 사람이 다툰 원인을 아는 사람은 없었지만 다만 감추기 위해 정치문제로 토론하다가 일을 저지른 것으로 합의했다.

이튿날 바자로프가 니콜라이의 방으로 찾아갔다. 그는 이미 모든 짐을 꾸리고 새와 개구리, 온갖 곤충들을 놓아주고 난 뒤였다.

"작별인사를 하러 왔나?"

니콜라이 페트로비치는 그를 맞으려고 일어나면서 말했다.

"나도 자네의 기분을 모르는 것은 아니니 결정에 따라야겠지. 물론 가여운 형님께도 잘못이 있네. 그래서 벌을 받으신 거지. 형님은 자네가 그렇게 행동할 수밖에 없도록 부추겼다고 말씀하셨어. 나 역시 자네가 결투를 피할 수 없었을 거라고 생각하네."

"문제가 생길 것을 대비해 주소를 남겨놓겠습니다."

바자로프는 거침없이 말했다.

"나는 아무 문제도 일어날 리 없다고 확신하네."

바자로프는 말이 끝나기 전에 방을 나왔다. 파벨 페트로비치는 그를 방으로 불러 손을 꼭 쥐었다. 그러나

바자로프는 언제나처럼 냉담했다. 파벨이 관대한 척하
고 싶어 한다는 것을 짐작하고 있었던 것이다. 페니치
카와는 작별인사를 나눌 수 없었다. 다만 창문을 통해
눈인사를 주고받았다.

6

니콜스코예 마을 정원에 있는 키 큰 물푸레나무 그
늘 아래 두 사람이 앉아 있었다.

아르카디는 책을 반쯤 펼쳐 들고 카샤는 바구니에
남아 있는 빵 부스러기를 참새들에게 던져주고 있었다.
두 사람은 말없이 앉아 있었지만 침묵 속에 서로의 마
음을 터놓게 하는 친근감이 있었다. 두 사람의 얼굴도
전과 달라졌다. 아르카디는 침착해 보이고 카샤는 생기
있고 한결 대담해 보였다. 화제가 자연스레 바자로프에
게 옮겨 갔다.

"그땐 언니도 그분의 영향을 많이 받았어요. 꼭 당신
처럼 말이에요."

"나처럼, 그럼 내가 이제 그의 영향에서 벗어났다는
걸 짐작한다는 말입니까?"

카샤는 아무 말도 하지 않았다. 대신 아르카디가 말을 이었다.

"난 알고 있어요. 바자로프가 한 번도 당신 마음에 든 적 없다는 걸."

"그분에 대해서 이렇다 저렇다 말할 수 없어요."

"카샤, 나는 당신의 말을 믿을 수 없군요. 비판의 대상이 되지 않는 인간은 없어요. 그건 다만 변명에 불과하죠."

"그럼 말씀드리죠. 마음에 들지 않는다기보다 저와는 인연이 먼 사람이라고 생각했어요. 그리고 당신은 그분과 공통점이 하나도 없어요."

"왜 그렇게 생각하죠?"

"뭐랄까. 그분이 맹수라면 나와 당신은 길들여진 짐승이라고 할까요."

"나 역시 길들여진 짐승이라는 말입니까?"

카샤가 고개를 끄덕이자 아르카디는 내심 화를 냈다.

"당신은 맹수가 되고 싶다는 말인가요?"

"맹수는 아니라도 강하고 싶다는 말입니다."

"바라도 소용없어요. 바자로프 씨는 바라지 않아도

107

자기 안에 가지고 있으니까요."

"당신도 그렇게 생각하고 있군요. 그 친구가 안나 세르게예브나에게 큰 영향을 주었다고."

"그래요. 하지만 그 누구도 언니의 세계를 오랫동안 지배할 수는 없어요."

"어째서?"

"언니는 자존심이 강하고 독립적인 생활을 중요하게 생각하거든요."

"그것을 중요하게 생각하지 않는 사람이 어디 있습니까."

아르카디는 뭐가 그리 대단한 일일까, 무슨 소용일까 생각하고 물었다.

"당신은 그녀가 두려운 거죠. 그러나 당신은 그녀처럼 현명합니다, 그녀 못지않죠. 어쩌면 그 이상일지도 모르고요……."

"제발 저를 언니와 비교하지 말아주세요. 그건 너무 불리해요."

"카샤, 어쩌면 당신에게는 아무것도 아닌 일로 여겨질지 모르지만 나는 당신을 당신의 언니뿐 아니라 이

세상 어느 누구와도 바꾸고 싶지 않습니다."

그는 자기 입에서 튀어나온 말에 놀란 것처럼 벌떡 일어나서 가버렸다. 카샤는 바구니를 팔에 끼고 두 손을 무릎에 얹은 채 아르카디의 뒷모습을 오랫동안 바라보았다. 그녀의 검은 눈동자에 망설임과 말할 수 없는 감정이 섞여 있었다.

"너 혼자 있었니?"

바로 옆에서 안나 세르게예브나의 음성이 들렸다.

"나는 네가 아르카디 씨와 함께 뜰에 나와 있는 줄 알았는데."

카샤는 서두르지 않고 눈을 들어 언니를 바라보면서 혼자라고 대답했다.

"그건 알아, 그렇게 시치미 뗄 건 뭐니? 같이 산책이라도 하려고 했는데……. 구두가 도착했단다. 네 구두가 닳았다는 걸 어제 알았어. 너무 신경을 안 쓰는구나. 그렇게 예쁜 발을 가지고 있으면서 말이야."

안나는 화려한 옷자락을 바람에 펄럭이면서 좁은 길을 따라 걸어 내려갔다. 카샤는 책을 집어 들고 자리에서 일어났다. 구두를 신어보려는 것은 아니었다. 예쁜

발……. 카샤는 햇볕을 쬐 몹시 뜨거운 테라스의 돌계단을 사뿐사뿐 올라가면서 생각했다. 그러다 이내 부끄러운 생각이 들어서 재빨리 위층으로 뛰어 올라갔다. 아르카디를 뒤따라온 하인이 그에게 바자로프가 방에 와 있다는 말을 전했다. 그는 흠칫 놀랐다.

"오래됐나?"

"조금 전에 오셨습니다. 아가씨께는 알리지 말고 방으로 안내해달라고 하셨습니다."

아르카디는 부지런히 계단을 올라가 문을 활짝 열었다. 바자로프의 표정이 그를 곧 안심시켰다.

"다들 안녕하신가?"

"다 잘 돌아가고 있기는 하지만 모두가 안녕하지는 않네."

바자로프는 파벨 페트로비치와 결투한 이야기를 들려주었다. 아르카디는 매우 놀라고 괴로웠지만 겉으로 드러낼 필요는 없다고 생각했다. 다만 큰아버지의 부상이 정말 대단하지 않은 것이냐고 물었다. 바자로프가 차라리 의학적인 견해를 배제하고 보는 편이 흥미진진하다고 말하기에 웃음을 지어보였으나 내심 기분이 나쁘고 수치스러웠다. 바자로프는 그런 기색을 느낀 것 같았다.

"여보게, 그러니 봉건주의자들과 살면 이런 일도 생기는 법일세. 그 틈에서 기사들의 경기에 참여한다는 식이지. 나는 부모님이 계신 곳으로 가는 길이었는데 이 이야기를 해주려고 잠깐 들른 걸세. 아니, 내가 이곳에 들른 게 뭐 때문인지 모르겠군. 인간은 밭에서 무를 뽑듯 자신을 내던질 필요가 있는 걸세. 나는 며칠 전 이미 그런 짓을 했어! 그래서 나와 헤어진 내가 묻혀 있던 그 밭을 다시 한 번 보고 싶어진 걸세."

바자로프는 안나와 아르카디의 관계를 오해하고 있었다.

"하지만 대수롭지 않은 일이네. 진저리나는 일은 얼마든지 있지. 이제 헤어져야 해, 이곳에 온 뒤로 매우 언짢은 기분이 들어. 마차에서 말을 풀지 않았네."

"천만에, 그럴 수는 없네. 나는 별로 상관없지만 안나 세르게예브나에게는 큰 실례가 될 거야. 그녀는 틀림없이 자네를 만나고 싶어 할 테니까."

아르카디의 말이 옳았다. 안나는 바자로프를 만나고

싶어 했고 집사를 통해 자신의 방으로 초대했다. 바자로프는 그녀를 만나기 전에 새 옷으로 갈아입었다. 오딘초바 부인은 상냥하게 손을 내밀며 그를 맞았지만 얼굴은 긴장된 빛을 띠었다.

"지난 일은 깨끗이 잊어버리기로 해요. 내게도 잘못이 있었던 건 사실이에요. 우리 전처럼 친구로 지내는 게 어때요? 그때 당신과 나 사이에 있었던 일은 꿈이었어요."

"꿈 같은 걸 누가 기억하겠습니까, 게다가 사랑은 정말 가식적인 감정이죠."

"그 말을 들으니 정말 기쁘군요."

두 사람은 자신들이 진실을 말하고 있다고 여기는 듯했다. 모든 걸 잊었다고 말하고 스스로 그렇게 다짐하고 있었지만 바자로프와 함께 있는 것은 여전히 어색했다. 평범한 이야기를 나누고 농담하면서도 은근한 두려움의 압박을 느끼지 않을 수 없었다.

두 사람의 대화는 오래가지 못했다. 안나는 생각에 잠겨 의미 없는 대답을 잇다가 객실로 나가자고 제안했다. 그곳에는 늙은 공작 따님과 카샤가 있었다. 두 사람은 아르카디를 찾았으나 그는 정원 구석진 곳에서 생각에 잠겨 있었다. 슬픈 사색은 아니었다. 안나 세르게예브나가 바자로프와 마주앉아 있는 것을 알고 있으면서도 그전과 같은 질투심을 느끼지 않았다. 오히려 그의 얼굴은 은은하게 빛나고 무엇인가를 결심한 것처럼 보였다.

이튿날 카샤는 자신이 좋아하는 벤치에 아르카디와 나란히 앉아 있었다. 그녀는 걱정스러운 표정이었다. 어젯저녁 차를 마시고 난 뒤 카샤를 자기 방으로 불러낸 안나는 다소 어색할 만큼 부드러운 태도로 아르카디를 대할 때 좀 더 조심하지 않으면 안 된다느니, 아무도 없는 곳에서 단둘이 이야기하는 것을 되도록 피하라고 충고했기 때문이었다. 그녀는 마지막이라고 다짐했다.

"카샤, 기쁘게도 당신과 한집에 지내면서 이런저런 이야기를 나눴고 또 당신은 내가 이곳에 온 뒤로 변했다고 말했지만……."

그는 카샤와 시선을 맞추기도 하고 피하기도 하면서 이렇게 덧붙였다.

"사실 나는 여러 면에서 달라졌습니다. 당신이 누구보다 잘 알고 있을 겁니다. 당신으로 인한 변화니까요."

"저로 인한 거라고요?"

"나는 이곳에 처음 왔을 때의 철부지가 아닙니다."

카샤는 어째서 자신에게 이런 말을 하는지 이해하지 못하면서도 한편으로 그의 말을 기다리는 눈치였다. 아르카디는 용기 내서 말을 꺼냈다.

"내가 하는 말이 당신을 당황스럽게 하리라는 걸 잘 압니다만, 이 감정은 어느 정도 당신과 관계되는 일이니 만약 나에게 좀 더 확신이 있다면……."

그때 안나 세르게예브나의 음성이 들려왔다. 순간 카샤는 새파랗게 질리고 아르카디는 입을 다물었다. 안나와 바자로프는 관목림 옆 한 가닥 좁은 길을 걷고 있었다. 그들이 하는 말 한마디 한마디, 옷 스치는 소리, 심지어 숨소리까지 들렸다. 두 사람은 몇 발자국을 더 걷더니 멈춰 섰다.

"우린 둘 다 잘못을 저질렀어요. 처음에는 서로 흥미를 느끼고 호기심을 가졌죠."

"그런데 그 후로는 나에 대한 흥미가 점차 꺼져들었

다는 말이지요?"

바자로프가 말을 받았다.

"그게 우리 사이를 멀어지게 한 원인은 아니잖아요. 어쨌든 서로 필요하지 않았던 거예요. 그게 중요하죠. 우리는 비슷한 점이 많아요. 그걸 단번에 깨닫지는 못 했지만. 반대로 아르카디는—"

"그 친구를 필요로 하십니까."

"그만둬요, 당신도 말했지만 그가 나를 마음에 두고 있다는 생각은 해왔어요. 하지만 나는 그의 아주머니 노릇을 할 수 있을 뿐이에요. 이제는 당신에게 아무것도 숨기고 싶지 않아요. 전보다 자주 생각하게 된 건 사실이에요. 그의 젊고 신선한 감정에는 어떤 아름다움이 있어요."

"매력이라고 하죠."

대꾸하는 침착하고 공허한 그의 음성에 울화가 치밀었다.

"아르카디는 어제 나에게 뭔가를 숨기는 듯 했어요. 당신과 카샤에 대해서도 아무 말 없었습니다. 알 만한 징조죠."

"그는 카샤와 꼭 남매 같아요. 그런 점이 역시 마음에 들어요. 어쩌면 그 두 사람을 가까이 지내도록 내버려두지 않았어야 했는지도 모르지만."

"언니로서 하는 말씀이겠죠?"

간혹 들리던 말소리가 점점 멀어지고 주변이 고요해졌다. 아르카디는 카샤 쪽으로 고개를 돌렸다. 그녀는 고개를 조금 더 깊이 숙이고 조금 전과 같은 자세로 앉아 있었다.

"카샤, 나는 영원히 변함없이 당신을 사랑할 겁니다. 당신 외의 그 누구도 사랑하지 않을 겁니다. 이 말을 전하고 청혼할 생각이었습니다. 부자는 아니지만 어떤 희생이든 치를 각오가 되어 있으니까요. 자, 이제 대답해주지 않겠습니까? 나를 믿지 않습니까, 내가 경솔한 말을 하고 있다고 생각합니까? 나를 보고 한 마디만 해줘요. 당신을 사랑하고 있습니다."

카샤는 진지하게 빛나는 눈으로 아르카디를 바라보았다. 그녀는 오랫동안 생각에 잠겨 있다가 엷은 미소를 띠며 대답했다.

"좋아요."

아르카디는 한 번 더 듣고 나서야 그 말을 알아들을
수 있었다. 카샤의 손을 잡고 환희에 넘쳐 가쁜 숨을
몰아쉬며 잡은 손을 가슴에 가져다 댔다. 그는 간신히
두 발로 버티고 서서 그녀의 이름을 되풀이했다. 카샤
는 어린아이처럼 울음을 터뜨리고 자신이 눈물을 흘리
고 있다는 사실에 조용히 미소 지었다.

사랑하는 사람의 눈에서 흐르는 눈물을 본 적 없는
사람은 아마도 이 순간 이 땅 위에 감사와 부끄러움으
로 정신이 온통 아득해지는 행복을 모를 것이다.

이튿날 안나는 아침 일찍 바자로프를 자기 방으로
불렀다. 그녀는 가까스로 미소 지으면서 접힌 편지 한
장을 그에게 건넸다. 편지에는 카샤와의 결혼을 허락해
달라는 내용이 적혀 있었다. 그는 편지를 빠르게 훑어
보고 순간 벅차오르는 기쁨을 겉으로 드러내지 않으려
고 겨우 억눌렀다.

"당신이라면 내게 어떤 충고를 하시겠어요?"

"글쎄요. 제 생각으로는 두 사람을 축복해줘야 할 것
같군요. 어느 모로 보나 잘 어울리는 한 쌍입니다. 아르
카디는 집안에 상당한 재산이 있고 외아들인데다 아버

님도 호인이니 마다할 이유가 없죠."

바자로프는 웃는 얼굴로 말했으나 사실 전혀 유쾌하지 않고 웃고 싶은 마음도 들지 않았다. 안나는 방을 한 바퀴 돌았다.

"좋아요. 나도 별 문제 없다고 생각해요. 물론 그 아버님의 허락을 기다릴 생각이에요. 어제 당신에게 했던 말이 옳아요, 우리는 이미 나이 들어버렸다는 것 말이에요. 난 어째서 몰랐을까요."

"요즘 젊은이들은 제법 능청스러워졌습니다."

바자로프는 웃음을 터뜨렸다. 그는 잠시 침묵을 지키다가 작별인사를 건넸다.

"부디 당신이 이 문제를 무사히 풀어나가길 바랍니다. 저도 멀리서 빌어드리죠."

만류와 동정을 뿌리치고 짐을 꾸리기 위해 방으로 돌아온 그는 허리를 구부리고 여행가방을 챙기면서 아르카디에게 말했다.

"잘된 일이야. 다만 자네가 내게 능청 떨 필요는 없었는데 말이야. 나는 자네가 전혀 다른 방향으로 나아갈 거라는 기대를 하고 있었어. 내가 카샤에 대해 어떤 견해를 가지고 있는지 잘 알 거야. 자기를 챙길 줄 아는 아가씨지. 그리고 또 자네 머리 꼭대기에 올라앉을 만큼 똑똑하고. 자네는 현명했네."

그는 가방을 찰칵 닫고 일어섰다.

"나와 영원히 이별할 생각인가, 나에게 더 할 말 없는가?"

아르카디가 서글픈 듯 말했다. 바자로프는 뒷머리를 긁적였다.

"그야 물론 있지. 단지 더 이상 하지 않을 뿐이야. 염치 없는 사람이 되고 마니까. 그건 그렇고 자네는 빨리 결혼이나 하게. 둥지를 틀고 자식을 많이 낳는 거야. 아이들은 나나 자네와 달리 좋은 시기에 태어났다는 이유만으로 벌써부터 영리해지는 걸세……. 말이 준비된 모양이군, 시간이 됐어. 나는 이미 모두에게 작별인사를 했네. 어때, 한 번 안아볼까?"

아르카디는 친구이자 자신의 선생이었던 그의 목을 끌어안았다. 그의 눈가에서 눈물이 쉴 새 없이 흘러내렸다.

"젊음은 소중한 거야! 나는 카샤에게 기대가 크네.

두고 보게, 그녀가 얼마나 훌륭하게 자네를 위로할지."

바자로프는 떠났고 그의 말은 옳았다. 아르카디는 카샤와 이야기하는 동안 바자로프에 대한 서글픔을 한결 가볍게 생각할 수 있었다. 두 사람은 이튿날 마리노 마을로 돌아가기로 했다.

한편 안나 세르게예브나는 두 사람의 행복한 모습을 볼 때마다 자신의 마음이 괴롭지 않을까 염려했으나 그 사실이 그녀를 딱하게 만들지 않았을 뿐더러 오히려 그녀의 흥미를 끌고 감동시켰다. 기쁘기도 슬프기도 했지만 그녀는 곧 두 사람을 안심시켰다. 그다지 어려운 일은 아니었다. 그녀의 마음은 어느덧 평온해졌다.

노부모는 예기치 않은 아들의 귀향에 매우 기뻐했다. 아리나는 어쩔 줄 몰라하며 온 집안을 뛰어다녔으므로 바실리는 아내를 작은 자고새에 비유했다.

"이곳에서 두 달쯤 머물 예정이에요."

바자로프는 곧바로 덧붙였다.

"저는 일하고 싶습니다. 그러니 이번에는 제발 저를 방해하지 않으셨으면 해요."

"네가 아비의 얼굴을 잊을 정도로 방해하지 않으마."

그는 약속을 지켰다. 지난번처럼 자신의 서재를 내어주고 의식적으로 피할 뿐 아니라 아내의 지나친 애정 표현도 단념시켰다.

"여보, 지난번에는 우리가 그 애를 너무 성가시게 했어요. 이번에는 조금 현명해집시다."

아리나는 남편의 말에 동의했지만 그로 인한 소득은 없었다. 아들의 얼굴을 볼 수 있는 시간은 오직 식사 때뿐이었으며 말을 거는 것조차 겁내게 되었다.

"여보. 오늘 저녁식사는 시금치 수프가 좋겠어요, 순무 수프가 좋겠어요? 그 애가 뭘 더 좋아할까요."

"직접 물어보는 게 어떻겠소?"

"귀찮아할까 봐요."

바자로프는 얼마 안 가 방에 틀어박히는 일을 스스로 그만두게 되었다. 열정이 식고 우울해져 권태와 이유 모를 불안이 찾아왔기 때문이다. 그의 동작에는 이상한 피로감이 엿보였다. 건강하고 대담하던 그의 걸음걸이마저 달라졌다. 혼자 산책하는 일마저 그만두더니 여러 사람과 어울릴 수 있는 기회를 찾아다녔다. 객실

에서 차를 마시거나 채소밭을 거닐거나 아버지와 있을
때에는 말없이 담배를 피웠다.

어느 날 이웃마을에 사는 농부가 장티푸스에 걸린
아우를 데리고 바실리를 찾아왔다. 그는 짚단 위에 엎
드린 채 죽어가고 있었다. 거뭇거뭇한 반점이 온몸을
뒤덮고 이미 의식을 잃은 상태였다. 바실리는 좀 더 일
찍 의사를 찾아가지 않은 것이 유감이라며 혀를 차고
손 쓸 도리가 없다고 말했다. 농부는 자기 아우를 다시
집으로 데려 갈 수 없었으므로 병자는 짐마차 안에서
죽고 말았다.

사흘 뒤 바자로프가 아버지의 방에 들어와 질산은
을 가지고 있는지 물었다.

"무엇에 쓰려고 그러니?"

"조금 필요해서요, 상처를 지지려고."

"누굴."

"제 상처요."

"네 상처라니, 대체 어떻게 된 거냐? 무슨 상처인지
어디 좀 보자."

"손가락이에요. 오늘 장티푸스에 걸린 농부가 살던

122

마을에 갔었어요. 시체를 해부하려고. 오랫동안 실습을 하지 않아서……."

바실리는 새파랗게 질렸다. 그는 말없이 서재로 뛰어가 질산은 부스러기를 들고 돌아왔다. 바자로프는 받아들고 나가려 했으나 바실리가 나섰다.

"제발, 내가 치료해주마."

바자로프는 미소 지으며 말했다.

"실습을 퍽 좋아하시는군요."

"농담하지 마라. 어디 손가락 좀 보자. 상처가 대단하지는 않구나. 아프지는 않니?"

"더 세게 눌러주세요. 아무렇지도 않으니까요."

"불로 달군 쇠로 지지는 편이 낫지 않겠니?"

"진작에 해야 했어요. 실은 이제 질산은도 소용없어요. 만일 감염됐다면 이미 늦었어요."

"늦었다고?"

바실리는 손을 멈추고 간신히 말했다.

"그 뒤로 네 시간이나 지났으니까요."

그날 늦은 저녁 그리고 이튿날 온종일 바실리는 온갖 구실로 아들의 방에 들락거렸다. 그는 상처에 대한 이야기를 꺼내지 않으려고 무척 애를 썼다. 그러나 불안한 눈으로 귀찮을 만큼 빤히 바라보았기 때문에 바자로프는 더 이상 참을 수 없어 집을 나가버리겠다고 아버지를 협박할 정도였다. 이제 더 이상 걱정하지 않겠다고 약속했으나 틈이 날 때마다 훔쳐본 아들의 안색은 좋지 않았다.

사흘째 되던 날 바자로프는 점심을 한 술도 뜨지 못했다.

"왜 안 먹니, 음식이 아주 맛있는데."

"먹고 싶지 않아요."

"식욕이 없나보구나."

그는 겁에 질린 목소리로 말하고 아들에게 아프지 않으냐고 물었다.

"아프지 않을 리가 있어요? 맥을 짚어보지 않아도 열이 있다는 걸 알 수 있어요. 전 이만 가서 누울 테니 라임꽃차를 좀 들여보내주세요. 감기에 걸린 게 틀림없어요."

바실리는 긴장감을 누그러뜨리며 "그러고 보니 나도 간밤에 네 기침소리를 들은 것 같구나" 하고 말했다.

"감기에 걸린 거예요……."

방에 돌아와 누운 바자로프는 내내 일어나지 못하다가 자정이 지나 간신히 눈을 떴는데, 창백한 얼굴로 자신을 내려다보고 있는 아버지를 보고 나가달라고 부탁했다. 바실리는 곧 아들이 하라는 대로 했지만 이내 살그머니 돌아와 옷장 문 뒤에 서서 눈을 떼지 못했다.

다음 날 아침 바자로프는 몸을 일으키려고 해보았지만 현기증이 나고 코피가 터져서 다시 자리에 눕고 말았다. 바실리는 잠자코 아들을 간호했다. 바자로프는 종일 벽을 보고 누워 있었다. 집안이 온통 캄캄해진 것 같았다. 바자로프는 돌아눕더니 멍한 눈으로 물을 마시고 싶다고 말했다. 바실리는 아들에게 물을 먹이고 이마를 짚어보았다. 이마에서 뜨겁게 열이 나고 있었다. 바자로프가 쉰 목소리로 느릿느릿 말했다.

"아버지, 병이 아주 심해졌어요. 저는 감염된 거예요. 며칠 후면 장례를 치러야 할 거예요."

바실리는 다리를 걷어차인 것처럼 휘청거렸다.

"그게 무슨 소리냐, 당치도 않다! 너는 감기에 걸린 거란다."

"그만하세요."

바자로프는 그의 말을 가로막았다.

"의사는 그렇게 말하지 않습니다. 증상이 뚜렷해요. 아버지도 잘 아시잖아요."

"대체 어디 그런 증상이 있다는 말이냐, 당치도 않은 소릴……."

"그럼 이건 뭡니까?"

소매를 걷어올린 팔뚝에 붉은 반점이 드러났다. 바실리는 공포에 사로잡혔다.

"설령 뭔가 감염되었더라도 나는 너를 고쳐볼 생각이다."

"그건 바보 같은 짓입니다, 하지만 이제 그런 건 문제되지 않아요."

바자로프는 물을 한 모금 마시고 말을 이었다.

"제 머리가 아직 제 통제 안에 있는 동안 아버지께 한 가지 부탁하고 싶은 일이 있습니다. 아버지도 아시다시피 내일이나 모레쯤이면 제 뇌는 죽고 말 겁니다. 지금도 제가 하고 있는 말에 자신이 없어요. 자는 동안 붉은 개떼들이 주위를 뛰어다니고 아버지는 마치 산새

를 발견한 사냥개처럼 위에서 저를 내려다보고 계신 것
처럼 느껴져요. 저는 마치 술에 취한 것 같고요…… 제
말을 못 알아들으시겠죠?"

"천만에, 너는 아주 정상적으로 이야기하고 있단다."

"그렇다면 좋습니다. 아버지께서 의사를 부르셨다고
하니 그것으로 소원은 푸신 셈이니까 제 소원도 하나
들어주세요. 급히 사람을 좀 보내주셨으면 합니다"

"아르카디에게 말이냐?"

바실리가 물었다.

"아아, 그렇지……. 그 애송이 말씀이시군요. 아니요.
그 친구는 그냥 놔두세요. 오딘초바 부인에게 급히 심
부름꾼을 보내주세요. 이 근방에 사는 여지주가 있습
니다. 아시겠죠?"

바실리는 고개를 끄덕였다.

"예브게니 바자로프가 안부를 전하더라고 말입니다.
또 죽어가고 있다고 전해주세요. 아버지, 그렇게 해주시
겠죠?"

바실리는 아들의 말이 끝나자마자 오딘초바 부인 집
에 심부름꾼을 보냈다.

조금 뒤 의사가 도착했다. 바자로프가 장티푸스 환자를 해부할 수 있도록 허락하고 초산은을 소지하고 있지 않던 군의관이었다. 그는 진찰을 마치고 장기적인 치료를 권하면서 회복할 가능성이 있다는 말을 두어 마디 그럴 듯하게 덧붙이고 떠났다.

"의식 잃은 자로서 성찬은 받을 수 있으니까요."

"에브게니, 그런 소리를……."

바자로프는 다시 벽을 보고 누웠다. 노인은 안락의자에 앉아 손가락 끝을 깨물었다.

외진 마을 사람에게는 유난히 거슬리는 스프링 달린 마차의 덜컹거리는 소리가 차츰 가깝게 다가왔다. 바실리는 자리에서 벌떡 일어나 창가로 갔다. 제복을 입은 하인이 문을 열자 어깨에 망토를 걸치고 검은 베일을 쓴 부인이 마차에서 내렸다.

"오딘초바라고 합니다. 바자로프 씨는 아직 살아 있나요? 의사를 모시고 왔습니다."

"인정이 많은 분이군요."

그는 손을 덜덜 떨면서 그녀의 한쪽 손을 자기 입술

에 가져다 댔다. 그 사이 안경을 쓴 작달막한 독일인 의사가 마차에서 내렸다.

안나 세르게예브나는 삼십 분이 지나 바실리의 안내를 받아 서재로 들어갔다. 의사는 그녀에게 환자가 회복될 가능성은 전혀 없다고 귀띔했다.

"고맙습니다. 이렇게 와주시리라고는 생각지도 못했습니다. 잘하셨어요. 당신 말대로 다시 만나게 됐군요. 아아, 안나. 우리 솔직하게 이야기합시다. 저는 이제 끝났어요…… 앞으로의 일 따위는 전혀 생각할 필요 없었습니다. 죽음은 구식 농담에 지나지 않지만 한 사람한 사람에게는 아주 새삼스러운 일입니다. 이제 무슨말을 하면 좋을까요, 제가 당신을 사랑했다고 말할까요? 이 말은 전에도 무의미했지만 지금에 와서는 더더욱 그렇습니다. 사랑은 한 인간의 형체인데 나는 벌써허물어지기 시작했으니까요. 그보다 이런 말을 하는 게낫겠군요, 당신이 얼마나 아름다운지! 지금 당신은 거기 그렇게 서 있군요…… 너무도 아름답습니다."

안나 세르게예브나는 몸을 떨었다. 바자로프가 전염병임을 밝혔음에도 방을 가로질러 그의 침대 곁에 놓인 안락의자에 앉았다. 그는 입을 힘주어 다물고 한 손으로 컵을 찾았다. 안나는 장갑을 벗지 않고 숨을 조심스럽게 내쉬며 그의 입가에 컵을 대주었다.

"바자로프, 내가 옆에 있어요."

바자로프는 이마에서 손을 떼고 몸을 일으키더니 갑자기 "안녕!" 하고 힘주어 말했다. 그의 눈은 마지막 광채를 띠고 있었다.

"잘 있어요. 그래요. 그때 나는 당신에게 키스하지 않았어요. 꺼져가는 불꽃에 입김을 불어주세요. 그러면 곧 꺼지게 될 겁니다……."

안나는 그의 이마에 입을 맞췄다.

"이것으로 충분합니다."

그는 다시 베개 위에 머리를 떨어뜨렸다.

"이제 어둠이야……."

그녀는 조용히 밖으로 나왔다. 바자로프는 이미 다시 깨어날 수 없는 운명이었다. 저녁이 되자 그는 완전히 혼수상태에 빠졌고 이튿날 숨을 거두었다. 바실리는 미친 듯이 소리를 질렀다.

"하늘을 저주하겠다!"

그는 새빨갛게 상기된 얼굴을 찌푸리고 마치 누군가를 위협하듯 허공에 주먹을 휘두르며 쉰 목소리로 되풀이했다.

"나는 하늘을 저주할 테다, 저주하겠어!"

그로부터 여섯 달이 지나 흰 겨울이 찾아왔다. 마리노 마을의 지주 저택 창문에 등불이 비치기 시작했다. 검은 연미복 차림에 흰 장갑을 낀 프로코비치는 유난히 점잔을 빼며 7인용 식탁을 준비하고 있었다.

일주일 전 작은 교회에서 아르카디와 카샤 그리고 니콜라이 페트로비치와 페니치카 네 사람이 입회인도 없이 소박한 결혼식을 올렸다. 안나 세르게예브나는 두 사람에게 재산을 아낌없이 나눠주고 결혼식이 끝나면 곧 모스크바로 떠나기로 되어 있었다.

세 시 정각이 되자 모두들 식탁에 모여 앉았다. 파벨 페트로비치는 카샤와 페니치카 사이에 자리를 잡았고 아르카디와 니콜라이는 신부 곁에 앉았다. 우리에게 친숙한 두 사람은 이제 아주 달라져 있었다. 대장부다운 데다 관록이 붙은 것 같았다. 파벨 페트로비치는 다소

쇠약해졌는데 도리어 날씬한 몸매가 한층 더 귀족적인 면모를 풍겼다.

파벨은 돌아다니면서 모두에게 키스했다. 그러고는 술잔을 들이키고 깊이 탄식하며 말했다.

"그럼 여러분, 행복하시길 빕니다. 안녕히!"

영어로 건네는 마지막 인사말은 아무도 알아듣지 못했으나 모두 깊이 감동했다.

"바자로프를 추념하는 뜻에서."

카샤는 남편의 귀에 속삭이며 술잔을 부딪쳤다. 아르카디는 대답 대신 그녀의 손을 꼭 잡았다. 그러나 건배사를 큰 소리로 제안하지는 못했다.

1818년   11월 9일 중앙 러시아의 오룔 스파츠스코예 마을
          에서 태어남. 아버지는 기병 대령, 어머니는 부유
          한 씨지주였고 형 니콜라이, 아우 세르게이(16세에
          사망)가 있음.

1827년   온 가족이 모스크바로 이사. 베이덴간멜 기숙학
          교에 들어가 2년 남짓 지냄.

1829년   알메니야 전문학교(뒤의 라자료프 전문학교) 부속 기
          숙학교에 들어갔다가 다시 집으로 돌아와 가정교
          사에게 배움.

1833년   9월에 모스크바 대학 문학부에 입학.

1834년   가을에 페테르부르크로 이사했으므로, 페테르부
          르크 대학 철학부 언어학과에 편입. 11월에 아버
          지가 사망함.

1836년   6월에 페테르부르크 대학을 졸업. 셰익스피어의
          〈오셀로〉, 〈리어 왕〉, 바이런의 〈맨프레드〉 등을 번

역. 이 무렵 바이런, 하이네 등의 영향을 받아 시
작에 몰두. 그리스 고전을 연구.

1838년   시 〈해질녘〉을 잡지 《현대인》에 발표. 베를린 대
학에 유학. 헤겔 철학, 역사학 등을 공부.

1839년   가을에 러시아로 귀국.

1840년   1월에 외국으로 출발. 이탈리아, 독일에 체류. 스
탄케비치, 바쿠닌 등과 알게 됨. 베를린 대학에서
공부를 계속함.

1841년   5월에 베를린 대학 과정을 마침. 잡지 《조국잡지》
에 단시를 발표.

1842년   4월에 어머니의 침녀에게서 딸을 낳음(폴리나라고
이름하고 나중에 파리로 데리고 갔다). 5월에 철학박사
시험에 합격하고 그해 말 페테르부르크에 정주함.

1843년   비평가 벨린스키와 알게 됨. 4월에 서사시 〈파라
샤〉를 발표하고 《조국잡지》에 시와 희곡 〈경솔〉을
발표.

1844년   11월에 중편소설 〈안드레이 콜로소프〉를 발표하
고 네그라소프와 가까이 지냄.

1845년   페테르부르크에서 도스토예프스키를 알게 됨.

1846년   희곡 〈돈이 궁하다〉를 발표.

1847년   1월에 《사냥꾼의 수기》의 첫째 작품 〈호오리와 칼
         리느이치〉를 잡지 《현대인》에 발표. 연초에 외국
         으로 떠나 7월까지 독일에 체류하다가 그후 비아
         르도 부인을 따라 파리로 가서 《사냥꾼의 수기》
         집필을 계속함. 이 무렵 상드, 메리메, 구노 등과
         알게 됨. 비알드 부인의 남편과 함께 러시아 문학
         (고골리의 작품 등)을 프랑스어로 번역하여 소개함.

1848년   파리에서 게르첸, 바쿠닌 등과 만나다. 《사냥꾼의
         수기》의 여러 편을 계속 《현대인》에 발표. 2월, 프
         랑스에서 혁명이 일어남.

1849년   2월, 〈시치그로프 군의 햄릿〉을 발표. 희곡 〈식객〉
         은 발표 금지 처분을 당함.

1850년   희곡 〈마을의 한 달〉, 중편 〈쓸모없는 인간의 일
         기〉를 발표. 어머니가 돌아가셨으므로 귀국하여
         이듬해 농노해방과 인두세 제도를 고치는 등 이
         상주의적 귀족으로서의 신념을 실천으로 옮김.

1851년   10월에 모스크바에서 배우 시추프킨과 함께 고골
         리를 방문함. 11월에 고골리에 의한 〈검찰관〉의 낭

독회에 참석.

1852년 2월에 〈세 해후〉를 발표. 고골리의 죽음 즈음하여 발표한 추도문이 원인이 되어 스파츠스코예 마을에 연금당함. 그 동안 단편 〈무무〉를 씀. 8월에 《사냥꾼의 수기》의 출판을 허가한 검열관 리포프가 면직당함.

1853년 12월에 스파츠스코예 마을에서의 연금이 해제되어 페테르부르크로 옴.

1854년 《사냥꾼의 수기》가 프랑스어로 번역 출판됨.

1855년 1월에 모스크바 대학 기념 축전에 참석. 4월에 중편 〈야코프 파신코프〉를 발표하고, 여름에는 스파츠스코예 마을에서 장편 《루딘》을 집필.

1856년 1~2월 《현대인》에 〈루딘〉을 연재, 8월 런던의 게르첸을 방문. 10월에 장편 《귀족의 보금자리》를 쓰기 시작함. 페테르부르크에서 《투르게네프 저작집》 3권 발간. 연말 파리에 체류하며 프랑스 작가 루콘 드 리르, 빅토르 위고 등과 알게 됨.

1857년 파리에서 네그라소프, 톨스토이, 페에토, 곤잘로프 등과 만남. 런던에서는 게르첸, 카알라일 등과 만남. 중편 〈짝사랑〉을 씀.

1858년 1월 〈짝사랑〉을 발표.

1859년 1월 《현대인》에 《귀족의 보금자리》 발표. 2월 모
       스크바 대학 부설 '러시아 문학회' 정회원으로 선
       출됨. 가을에는 스파츠스코예 마을에 살며 장편
       《그 전야》를 완성. 문예기금회의위원으로 선출됨.

1860년 1월 문예기금을 위한 독시회에서 〈햄릿과 돈 키호
       테〉라는 주제로 강연. 잡지 《러시아 통보》에 《그
       전야》를, 《독서문고》에 중편 〈첫사랑〉을 발표. 《그
       전야》에 관한 도브로류보프의 논문 〈그날은 언제
       오느냐?〉가 《현대인》에 게재된 것을 둘러싸고 발
       행자 네크라소프와 충돌. 표절 문제(《그 전야》 속에
       곤잘로프의 미발표 작품 〈벼랑〉의 유명한 대목이 인용되
       었다고 비난)로 곤잘로프와 절교. 5월부터 꼬박 1년
       동안 주로 파리에서 지냄. 11월 과학아카데미 회
       원으로 선출됨.

1861년 2월에 농노해방령이 공포되어 이 개혁을 환영함.
       5월에 귀국, 톨스토이와 언쟁을 일으켜 그 후 17
       년 동안 절교함. 7월에 장편 《아버지와 아들》을

완성. 9월에 파리로 떠남.

1862년 3월 《러시아 통보》에 《아버지와 아들》을 발표한 후, 신·구 양 세대로부터 혹독한 공격을 받음. 연말에 게르첸과의 서신 왕래가 위법이라 하여 32 명이 고발당하고 재판을 받음.

1863년 푸시킨의 운문 소설 〈예브게니 오네긴〉을 비아르도와 함께 프랑스어로 번역.

1864년 1월 페테르부르크로 돌아옴. 원로원의 재판에서 32명을 위한 증언을 함. 2월 잡지 《세기》에 단편 〈환영〉을 발표. 곤잘로프와 화해. 3월에 외국으로 출발.

1865년 딸 폴리나가 파리에서 프랑스인 가스톤 프류엘과 결혼. 5월 투르게네프가 프랑스어로 산문역한 레로몬도프의 서사시 〈무치리〉가 출간됨. 장편 《연기》에 착수하고 단편 〈충분하다!〉를 발표.

1867년 잡지 《러시아 통보》에 《연기》를 발표. 니힐리스트 비평가 피사레프와 알게 됨. 피사레프에게 《연기》에 대한 의견을 구함. 7월 작가로서의 사회적 견해 차이로 도스토예프스키와 충돌함. 장편 《연기》를 메리메의 감수 하에 프랑스어로 번역.

1868년 《유럽 통보》에 중편 〈여단장〉을 발표. 〈문학적 회상〉을 집필.

1869년 2월 《러시아 통보》에 중편 〈불행한 여인〉을 발표. 4월에 《유럽통보》에 〈벨린스키의 추억〉을 발표. 11월에 〈문학적 회상〉 발표.

1870년 보불전쟁이 일어남. 6월 《유럽 통보》에 르포르타주 〈트로프맨의 사형〉을 발표. 8, 9월 《페테르부르크 통보》에 〈보불전쟁 통신〉을 게재. 10월 《유럽 통보》에 중편 〈광야의 리어 왕〉을 발표.

1871년 1월 《유럽 통보》에 단편 〈돈, 돈!〉을 발표. 3월 '가르바르지 당원 구명운동'을 위해 페테르부르크의 예술가 클럽 '문학과 음악 모임'에서 〈여단장〉을 낭독함. 4월에 중편 〈춘수〉 집필. 8월에 W. 스코트의 '성탄 백년제' 참석을 위해 에든버러에 감. 11월 정주할 생각으로 파리로 돌아옴.

1872년 이 한 해 동안 마지막 장편 《처녀지》 집필에 몰두. 1월 《유럽 통보》에 〈춘수〉 발표.

1873년 장편 《처녀지》를 구상.

1874년　《유럽 통보》에 〈푸닌과 바브린〉을 발표. 단편 〈살 아 있는 유해〉를 써서 《사냥꾼의 수기》에 추가. '5 인의 회식회'(투르게네프, 플로베르, 공쿠르, 졸라, 도데) 가 시작됨.

1876년　스파츠스코예 마을에서 《처녀지》를 발표. 프랑스 어 번역판 동시 출간.

1877년　1, 2월 《유럽 통보》에 《처녀지》 발표.

1878년　틈틈이 《산문 시》를 노트에 써넣음. 톨스토이로부 터 화해의 편지가 옴. 여름 귀국하던 중 야스나야 폴리야나로 톨스토이를 찾아감.

1879년　봄에 러시아로 돌아와 열렬한 환영을 받음. 옥스 퍼드 법학부로부터 명예 법학박사 학위를 받음.

1880년　프랑스의 신문 《19세기》에 톨스토이의 《전쟁과 평 화》를 소개함. 모스크바에서 거행된 푸시킨 동 상 제막식에 참석하여 도스토예프스키와 더불어 〈푸시킨에 관하여〉라는 제목으로 강연. 모스크바 대학 명예회원으로 추천받음. 이 해에 플로베르 죽음.

1881년　여름에 마지막으로 귀향하여 스파츠스코예 마을

에서 플로베르의 추억에 바치는 〈사랑의 개가〉를
씀. 이 무렵 병상에 누움.

1882년　《산문 시》를 집필. 3월 병세가 악화됨. 연말에《유
럽 통보》에《산문 시》발표.

1883년　1월《유럽 통보》에 단편 〈구라라 미리치〉를 발표.
4월 건강상태가 악화되어 파리에서 프지바르 교
외로 옮김. 6월 병상에서 프랑스어로 회상적 소품
〈해상의 화재〉를, 8월에 〈종말〉을 비아르도 부인
에게 구술함. 9월 3일 척추암으로 사망해 유언에
따라 페테르부르크의 보르코보 묘지에 매장됨.

범우다이제스트 02

아버지와 아들

초판 1쇄 발행 2018년 5월 10일

지은이   이반 세르게예비치 투르게네프
엮은이   편집부
펴낸이   윤재민

펴낸곳   종합출판 범우(주)
등록번호   제 406-2004-000012호 (2004년 1월 6일)
주소   10881 경기도 파주시 광인사길 9-13 (문발동)
대표전화   031)955-6900 | 팩스 031)955-6905
이메일   bumwoosa1966@chol.com
홈페이지   www.bumwoosa.co.kr

ISBN   978-89-6365-223-8 04800
          978-89-6365-215-3 (세트)